EVIDÊNCIA NO. AP4421-99X2-2641



**CADEIA DE CUSTÓDIA**

- Recebido de: Gov. Vaxvissh Kal Ness//Por: Maj. Heck Ensio//
  - Recebido de: Maj. Heck Ensio//Por: Arquivista-mestre Mordianius//
    - Recebido de: Arquivista-mestre Mordianius//Por: Korr Sella//

**A/C: GENERAL LEIA ORGANA**

**DE: KORR SELLA**

Como discutimos, você encontrará aqui o artefato recuperado da escavação em Durkteel. Enquanto limpava o terreno para a construção de uma torre de comunicações, a equipe se deparou com uma câmara soterrada, cheia de poeira, contendo o que parecia ser uma variedade de antigas relíquias de guerra. Chamaram o esquadrão antibombas, que recuperou a maleta em questão e a enviou para o governador planetário, até que ela finalmente chegou às minhas mãos.

A maleta trazia identificadores da Aliança Rebelde, e seus conteúdos eram dirigidos somente a membros do topo da hierarquia do Comando da Aliança. Você é uma das poucas que ainda se encaixam nessa descrição.

CONTEXTO DA DESCOBERTA DO ARTEFATO

Os registros de Durkteel da Guerra Civil Galáctica são praticamente inexistentes. Por sorte, temos registros do serviço Imperial da mesma época, que indicaram a ação que, cremos, ocasionou a perda desse artefato específico.

No mesmo dia da Batalha de Endor, três Destróieres Estelares se posicionaram sobre os arredores do centro industrial de Durkteel, em resposta a rumores de um encontro rebelde secreto. Após sabotar as transmissões, o Império optou por não realizar prisões ou solicitar rendições: em vez disso, partiu direto para o bombardeio orbital.

Diversos artefatos foram recuperados do local, mas somente essa maleta foi considerada militarmente valiosa.

Parece claro que os rebeldes não estavam preparados para a resposta do Império e que alguém queria preservar a informação reunida aqui.

Por favor, analise o conteúdo e faça observações adicionais onde julgar adequado. Esses segredos não são lidos há trinta anos. É bom dar, enfim, voz a eles.

# O ARQUIVO REBELDE

## INTELIGÊNCIA REUNIDA DA ALIANÇA

NÍVEL/CATEGORIA PRINCIPAL

# CRONO DA ALIANÇA 1

**RESUMO:**

## Organização da Rebelião

*Hendri Underholt*

ARQUIVISTA

DATA-PADRÃO: 14-17 DFI

(DEPOIS DA FORMAÇÃO DO IMPÉRIO)

*Além de dar cabo à República, o imperador reajustou o sistema de datação para antes e depois da formação do Império – mais uma demonstração de seu controle absoluto.*

*—Leia*

**MON MOTHMA**

Hendri, confio a você a tarefa de manter um depósito central de dados com as informações mais importantes sobre a formação da Rebelião e operações a ela relacionadas.

**HENDRI UNDERHOLT**

Senadora, para mim é uma honra.

**MON MOTHMA**

Uma cópia, não eletrônica, a ser guardada numa maleta protegida por senha e armada com defesas destrutivas.

Parece que já evitamos as piores. Foi uma sorte termos conseguido até recuperar o conteúdo.
-Ematt

**HENDRI UNDERHOLT**

Eu. . . ah, céus.
Tem certeza de que não prefere que Erskin faça isso?
Ou Hostis?
Ou Auxi?

**MON MOTHMA**

Qualquer um deles faria um bom trabalho, assim como você. É parte da minha equipe, agora. Nessa função, você encontrará pessoas que tentarão diminuí-la. Não faça isso por elas.

MOHTMA/REGISTRO DIÁRIO

Travo esta batalha há quase duas décadas; comecei antes mesmo de Palpatine se declarar Imperador da Galáxia. Estive sempre alerta para o perigo que ele representava, mas obviamente subestimei as proporções de sua ambição.

O Senado Galáctico é agora o Senado Imperial, e eu ainda represento o povo de Chandrila. No entanto, que poder eu exerço, de fato, nesse papel? Que vantagem pode ter uma legisladora contra um ditador?

Nem tudo está perdido no Senado. Creio que Palpatine tenha iniciado a carreira dele lá mesmo. É uma instituição com séculos de história. Enquanto existir, dará corpo à oposição política do imperador.

Outras medidas são necessárias. Devemos também lutar com força física. A organização militar de Palpatine esmagará a Resistência caso não mostremos os dentes.

CONTINUA

ATÉ MESMO UM BEEMOTE ESTREMECERÁ AO SANGRAR POR MIL MORDIDAS.

BAIL E EU LEVAMOS VIDAS DUPLAS. DEMONSTRAMOS DIVERGÊNCIAS PERANTE AS HOLOCÂMERAS ENQUANTO ORGANIZAMOS INCURSÕES PARAMILITARES EM MEIO ÀS SOMBRAS.

A ORGANIZAÇÃO QUE CONSTRUÍMOS NÃO É A ÚNICA REDE REBELDE. SE PUDERMOS COMBINAR ESSAS CÉLULAS ESPARSAS — CONECTANDO NOSSA COMUNICAÇÃO, PARTILHANDO NOSSOS RECURSOS, ATINGINDO OS MESMOS ALVOS AO MESMO TEMPO —, CONSEGUIREMOS DERRUBAR PALPATINE DE SEU TRONO EM CORUSCANT.

DO CONTRÁRIO, A INTELIGÊNCIA IMPERIAL EXPORÁ CADA CÉLULA, E A FROTA ESTELAR DO IMPERADOR NOS DESTRUIRÁ UM POR UM. DEVEMOS NOS UNIR, OU MORREREMOS.

*No fim das contas, meu pai quase não conseguia esconder seu desprezo, mesmo durante sessões no Senado. Se ele tivesse fugido e se escondido nas sombras, talvez tivesse sobrevivido. Mas não sabíamos quão desprezível Tarkin viria a ser. —Leia*

UNIFICAR AS FACÇÕES REBELDES DA GALÁXIA PARECE UMA ATITUDE SÁBIA, MAS PARTICIPEI DE SUBCOMITÊS DEMAIS NO SENADO PARA ESPERAR UMA TAREFA TRANQUILA. EGOS, BRIGAS INTERNAS E O ORGULHO TRIBAL PODEM ROMPER QUALQUER PARCERIA.

A REBELIÃO NECESSITA TANTO DE LIDERANÇA POLÍTICA COMO PARAMILITAR. CREIO QUE ESSA ESTRUTURA POSSA CRESCER CONFORME CONSEGUIRMOS MAIS AGENTES E ALIADOS.

## ALTO COMANDO POLÍTICO

CHEFE DE ESTADO

| MINISTRO DAS FINANÇAS | MINISTRO DA EDUCAÇÃO | MINISTRO DE ESTADO |
|---|---|---|
| MINISTRO DA INDÚSTRIA | MINISTRO DO ABASTECIMENTO | MINISTRO DE GUERRA |

*...o estruturar a Resistência, cortei órgão político quase por completo, mas é ...ro que a Nova ...pública já tem ...Senado, por mais ...co que seja. Ela ...cisa mesmo é de guerreiros. —Leia*

*Após toda uma vida como senadora, o fato de que se lembrarão de mim como general significa algo? —Leia*

CONTINUA

Não por acidente, isso simula a estrutura de um governo civil. Algum dia — que a Força assim queira —, será assim que governaremos a galáxia.

A integração bem-sucedida da célula de Atrivis em nossa estrutura é sinal de que essa hierarquia é amplamente funcional.

Sábias palavras e tão precoces, já durante a formação da frota da Aliança.
Almirante Ackbar

### Alto Comando militar

Comandante-Chefe

| Comando da frota | Comando de caças estelares | Comando de setor | Inteligência |
|---|---|---|---|

Forças Especiais | Artilharia e abastecimento | Serviços de apoio

A essa altura, no entanto, nenhuma das naves-capitânias de Mon Cala havia sido adaptada para o combate. -Statura

Partidas atabalhoadas contra a Armada Imperial não beneficiarão a ninguém. Por outro lado, para que formar uma frota e não usá-la?

Ora, mas é claro que não! Eu estava lá.
Almirante Ackbar

Lembro-me das conversas na Casa Cantham com Bail, naqueles primeiros anos sob o novo regime. Aquelas hipóteses sussurradas evoluíram tanto . . .

## BAIL ORGANA para MON MOTHMA

A Inteligência Rebelde vem identificando mais células de resistência a cada dia. Nossa estratégia tem sido observá-las de longe. Se demonstrarem competência em sabotar operações imperiais e permanecer escondidas, entraremos em contato. Do contrário, devemos deixá-las à mercê de seu próprio destino.

É cruel, mas beneficia a nossa causa. Quando o Império toma providências contra amadores, os moffs se convencem de que estão conseguindo resultados e atingindo os alvos certos. Enquanto isso, ganhamos tempo para crescer.

E talvez seja uma forma indireta de perguntar: o que deveríamos fazer com os Partidários de Gerrera? Afastar potenciais aliados problemáticos é o que o Império quer que façamos. A Rebelião não pode entrar em guerra contra si mesma.

Não temos que aprovar os métodos de Saw, mas um meio-termo pode servir a um bem maior.

Lembro-me de Saw. Os tagarelas gostavam de debater sobre a abordagem dele, se era tolerável ou indesculpável, mas Mon Mothma deixava a opinião dela bem clara.
Leia

Eu o conhecia mais por reputação. Uma das minhas batedoras serviu com os Partidários e não era má pessoa.
-Ematt

### MON MOTHMA PARA BAIL ORGANA

Você sempre foi mais próximo dos Jedi do que eu, mas havia algo na pureza deles que eu admirava. Para os Jedi, ceder a respeito de qualquer princípio moral era um caminho para o lado sombrio. E, portanto, eles nunca faziam isso. Não cediam vidas, e nada casualmente. No início, parece impensável planejar missões militares sabendo que pessoas de ambos os lados morrerão. Com o tempo, vai ficando cada vez mais fácil, até que você passa a sentir somente um estado de torpor.

Saw é um caso perdido, Bail. Vitória a qualquer custo não é vitória.

# BORMEA HOJE

DATA 8 ANOS AFI

## FEITICEIRA! JOVEM SENADORA ENCARA CORUSCANT

**SALLINE, CHRANDRILA** — O *Bormea Hoje* obteve uma entrevista exclusiva com a sensação local, Mon Mothma, a adolescente de sucesso que certamente sacodirá o Senado Galáctico com seus sorrisos e atitude!

BORMEA HOJE: Estamos tão empolgados para conversar com você, e nossos leitores mal podem esperar para conhecê-la melhor!

MON MOTHMA: Obrigada. Sinto-me feliz e grata por ocupar este cargo.

BH: A próxima sessão legislativa começa em menos de uma semana. Está ansiosa para conhecer o chefe de Estado?

MM: Mais animada que ansiosa. Eu pretendo expor ao chefe de Estado os três elementos do meu plano para melhorar a vida das pessoas no setor Bormea: investimento em infraestrutura, diminuição do corporativismo e representação igualitária para colonizadores e nativos.

BH: Muito interessante! Prosseguindo, um leitor de Ganthel pergunta: "Mon Mothma, qual é seu artista preferido de core drive?".

*Não fico nem um pouco surpresa. —Leia*

*Mesmo com a Nova República, nada mudou. E, ainda assim, a HoloNet continua perguntando por que sou uma pessoa tão reservada. —Holdo*

PARA: Senadora Leia Organa
DE: Senadora Mon Mothma

Leia,

Parabéns por ser nomeada senadora-júnior do setor Alderaan. Fico tentada a dizer que sei bem como você se sente, mas a galáxia mudou drasticamente desde a minha eleição.

Por ser jovem, você tem muito idealismo e imensa motivação. São recursos preciosos. Use-os agora. Um segredo que quase ninguém comenta é que esses dois traços têm data de validade. Quando chegar à minha idade, você vai perceber que a maioria dos seus pares os jogou fora há tempos.

Precisamos da sua energia agora mais do que nunca. Não permita que ninguém a tire do caminho. Ame quem você é e, se não conseguir, arranje forças para recomeçar.

A galáxia precisa de defensores, Leia. Nunca desista de lutar.

*Mon Mothma*

*Quando encontrei esta carta, fiquei comovida. Tive até que conter as lágrimas. Tenho este mesmo documento hoje, uma cópia física que guardei comigo por mais de 35 anos. E saber que ela também o valorizava, a ponto de preservá-lo... —Leia*

DOC #0320194-ALL

**PARA: CMD. MOTHMA**
**DE: MAJ. HEXTROPHON**
**ASS.: "HISTÓRIA OFICIAL DOS MOVIMENTOS REBELDES, VOLUME UM"**

**DOCUMENTO OFICIAL**

Comandante, anexos estão trechos de minha mais recente pesquisa. Tenho interesse especial em saber como os Jedi ajudaram a fomentar rebeliões locais em mundos controlados pelos Separatistas. Como sempre, sua opinião é bem-vinda.

Além disso, o tenente Na'al gostaria de marcar uma entrevista com você. Ele tem sido de uma ajuda tremenda, mas começo a suspeitar de que esteja escrevendo um livro próprio em paralelo.

CONTINUA

*Esse é o Voren? —Holdo*

*O próprio. O historiador da Nova República começou humildemente, pelo visto. —Statura*

*Ele já marcou na minha agenda um almoço de duas horas para a próxima vez em que visitar D'Qar. Não mudou nada. —Holdo*

DOC #0320194-ALL

# JORNAL TRINEBULON

*A Verdade, Direto da Fonte*

## SYNDULLA ATACA NOVAMENTE

**Kala'uun, Ryloth** — Defensores do Império condenaram o movimento Ryloth Livre depois que o criminoso Cham Syndulla assumiu a responsabilidade pela explosão de um reservatório que jogou longe um hovertrain imperial.

"Desde as Guerras Clônicas, Syndulla e seus capangas tomaram o controle de Ryloth, desafiando a lei imperial e as vontades da população", disse o governador Pommel. "Ordeno que Syndulla se renda, ou será eliminado."

Durante as Guerras Clônicas, Syndulla aceitou, de bom grado, apoio e treinamento de agentes Jedi em troca de lutar contra ocupantes Separatistas. A derrota destes não deteve Syndulla, que deu continuidade a seus ataques contra os libertadores imperiais do planeta. (ver pág. 2)

TriNeb, o único jornal que ainda apoia a Primeira Ordem.
—Holdo

CONTINUA

# INFORREDE DO CYNABAR

*Sempre Aposte na Grande CYN*

**Setor Arkanis** – Tem alguém fazendo um inferno da vida dos moffs do território, e desta vez não é Syndulla.

Os Partidários andaram carimbando vitórias contra armazéns, comboios e estações de inspeção imperiais, sem deixar sobreviventes. É uma rara demonstração de crueldade da parte da crescente resistência anti-imperial.

Quem os lidera é Saw Gerrera, um ex-guerrilheiro que lutou pela libertação de Onderon e tem hoje uma polpuda recompensa por sua cabeça. Depois desses ataques, a recompensa só vai aumentar, portanto os caçadores que consigam ter paciência talvez venham a obter um pagamento ainda maior.

CONTINUA

ATA DA REUNIÃO: DEBATE NA CASA CANTHAM
CONVIDADOS: COMITÊ LEALISTA E SENADORES SELECIONADOS
ASS.: PETIÇÃO DOS 2.000

DATA 1 MÊS AFI

BAIL ORGANA (ALDERAAN): Obrigado a todos por virem. Sei que podemos contar com as assinaturas, mas convidei este grupo para discutir o texto exato da petição.

MON MOTHMA (CHANDRILA): Em termos gerais, nossas demandas são que o chanceler Palpatine abra mão dos poderes bélicos de emergência, revogue o Decreto de Governança de Setor e comece a tratar de um cessar-fogo com os Separatistas do conde Dookan.

TERR TANEEL (SENEX): [sobre esse último ponto] Não estamos indo longe demais? A guerra é popular no meu setor. Pareceria a muitos que estamos obstruindo uma vitória inevitável.

PADMÉ AMIDALA (NABOO): Há pessoas morrendo, senador. Quanto mais esse conflito se arrastar, mais brechas Palpatine encontrará para emendar a constituição.

*Registrado semanas antes da morte dela. Quem minha mãe teria se tornado na revolução? —Leia*

DATA 1 DIA DFI

# NOTÍCIAS HOLONET

## 63 SENADORES PRESOS EM CONLUIO COM INSURGÊNCIA JEDI

**Cidade Imperial, Coruscant** — A Inteligência Imperial obteve uma vitória dramática contra a rebelião Jedi hoje, prendendo 63 senadores acusados de conspiração e traição. Entre os presos havia muitos senadores de proeminentes Mundos do Núcleo, bem como diversos senadores alienígenas dos Territórios da Orla Exterior.

Somente uma lista parcial dos senadores envolvidos foi liberada para a imprensa até o momento.

Entre os nomes divulgados estavam:

*Muitos dos meus colegas no Senado Imperial acreditavam que seria melhor trabalharmos pela liberdade dentro do sistema. Há um quê de verdade nisso. —Leia*

CONTINUA

DOC #0320194-ALL

- Shea Sadashassa, de Herdessa
- Ivor Drake, de Kestos Minor
- Fang Zar, de Sern Prime
- Streamdrinker, de Tynna
- Tanner Cadaman, de Feenix

*Bail e eu fomos detidos, mas liberados assim que professamos nossa lealdade. Por que enfrento o Império? Em parte, por me sentir culpada. —Mothma*

Todos os presos tinham assinado a Petição dos 2.000, um protesto formal contra o novo sistema de governo regional de Palpatine assinado por 2 mil legisladores e apresentado durante a última sessão cheia do Senado.

Seu senador é um dos traidores?

DATA 14 ANOS DFI

## "LIBERTADORES" RAPTAM GUARNIÇÃO IMPERIAL EM MANTOOINE

### INCITAÇÃO MOBILIZA REBELIÃO ARMADA NO SETOR ATRIVIS

## LIBERTADORES ESMAGADOS

### FROTA IMPERIAL RESTAURA A ORDEM EM MANTOOINE

DATA 14 ANOS DFI

CATTA DIONIZE, EM NOME DE TRAVIA CHAN

ESTAÇÃO GENERIS

Após devida deliberação, Madame Chan, do Grupo de Resistência de Atrivis, concorda com os termos de parceria com a senadora Mothma, da Aliança. Que nossas facções sejam mais fortes juntas do que separadas.

Chega de Mantooines! Abaixo o Império!

FIM DO DOCUMENTO

### MON MOTHMA PARA ARHUL HEXTROPHON

Obrigado por enviar isto, Arhul. GRA, mencionado na última parte, foi um dos primeiros grupos a aderir ao que eu já começava a chamar de "Aliança". Um pouco exagerado na época, mas creio que a história o desculpará. Eu imaginei que estes materiais fossem uma leitura leve, mas estava enganada. Você me fez perceber quanto trabalho ainda temos a fazer.

*Se ao menos mais pessoas reconhecessem a ameaça da Primeira Ordem... O reinado de Palpatine inspirou milhares de células rebeldes. Agora estamos praticamente sozinhos, lutando contra um inimigo-fantasma.*
*-Holdo*

**DOCUMENTO CONFIDENCIAL — NÍVEL DE ACESSO:**

CRACKEN/MOTHMA PROG299844

**RI 336-IS**

**IMPLICAÇÕES DA ATROCIDADE DE ANTAR**

**PARA: CMD. MOTHMA**

**DE: GEN. AIREN CRACKEN, CHEFE DA INTELIGÊNCIA REBELDE**

Comandante, um pouco da história da Atrocidade de Antar, se me permite.

Quando as forças imperiais sob o comando de Wilhuff Tarkin puniram o planeta por lutar ao lado dos Separatistas nas Guerras Clônicas, as agressões não pararam com as prisões feitas pela polícia secreta. Vieram as execuções e, finalmente, os massacres.

Apesar de tudo isso, ninguém nomearia o ocorrido como a Atrocidade de Antar, não fosse o caso vazado para a mídia. (Agradecimentos atrasados a Berch Teller, ex-Inteligência da República — um bom homem, embora um pouco pessimista.)

O exemplo de Teller prova que é possível manipular a opinião pública contra a versão imperial. Atrocidades acontecem todos os dias. Vamos investir em contrapropaganda.

DOC #0420265-ALL

PARA: GEN. CRACKEN

DE: CMD. MOTHMA

ASS.: IMPLICAÇÕES DA ATROCIDADE DE ANTAR

**DOCUMENTO OFICIAL**

Eu concordo, o extermínio dos Lasat foi mais um dos crimes desse regime. A senadora Pamlo conduzirá a contrapropaganda em conjunto com a sua equipe.

A senadora e eu não concordamos em tudo quanto a assuntos militares, mas ela sabe como moldar bem uma história. Se conseguirmos expor a próxima Atrocidade de Antar, podemos estimular simpatia no Núcleo e ampla deserção na Orla.

A NOVA REPÚBLICA CONTROLA A HOLONET. ESTÃO DO "NOSSO" LADO, MAS SEM NEM SEQUER NOS DAR OUVIDOS. COMO PODEMOS CONTAR NOSSA HISTÓRIA PARA A GALÁXIA? – EMATT

**DOCUMENTO CONFIDENCIAL — NÍVEL DE ACESSO:**

TANO/DRAVEN PROG300154

RI 345-X6

CÉLULA DE RESISTÊNCIA LOTHAL

PARA: GEN. DRAVEN

DE: AHSOKA TANO

Estamos progredindo em Hosnian Prime e em mais lugares. Que a Força esteja comigo, seria tão mais fácil enfrentar o inimigo se nossos aliad não atrapalhassem. –Leia

General,

Os Espectros são o que há de melhor. Embora poucos em número, executaram grandes operações até agora:

- resgataram prisioneiros Wookiee de Kashyyyk
- incapacitaram um Destróier Estelar
- sabotaram linhas de transporte imperiais entre Lothal e Garel

Como relatado anteriormente, a célula dos Espectros inclui uma sabotadora Mandaloriana, um guarda de honra Lasat e um ex-Jedi (ver arquivo suplementar sobre Dume, Caleb). Meu contato é Espectro Um, um piloto de caça cujas habilidades são desperdiçadas num cargueiro VCX-100 (VER ANEXO). Imagine do que seriam capazes com um equipamento melhor e uma rede de apoio decente.

CONTINUA

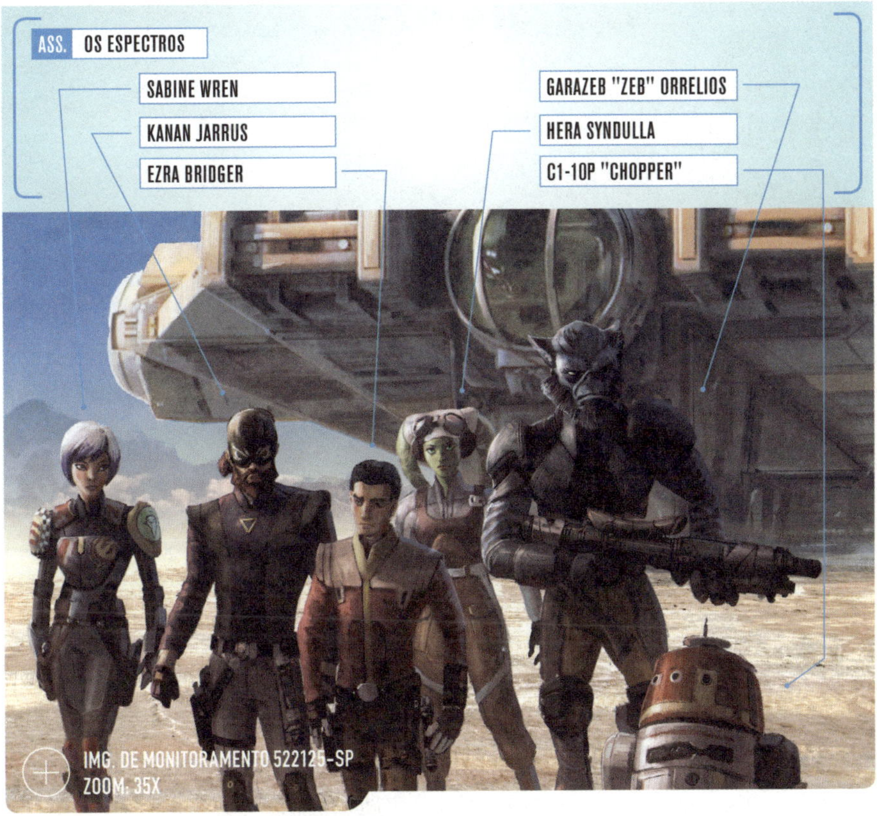


FIM DO DOCUMENTO

DOCUMENTO CONFIDENCIAL — NÍVEL DE ACESSO:



RI 386-IS

RESUMO DA INTELIGÊNCIA: PRINCIPAIS FACÇÕES DE RESISTÊNCIA

PARA: CMD. MOTHMA

DE: GEN. DRAVEN

Comandante, por favor inspecione o seguinte trecho (e os arquivos suplementares) acerca das principais facções da Resistência ativas no espaço imperial.

CONTINUA

## PARTIDÁRIOS

COMANDANTE: Saw Gerrera
OPERAÇÕES: Orla Exterior, perto do Corredor Corelliano

Os Partidários têm fama de cruéis, mas fazem o que é preciso. Sei que não é bem isso que você gostaria de ouvir, mas, se hesitarmos, perderemos terreno. Não podemos nos dar o luxo de sermos melindrosos.

Eu podia ter-lhes dito para não nadar contra a corrente, contra Faa-Char.
Almirante Ackbar

## MON CALS

COMANDANTE: Faa-Char
OPERAÇÕES: espaço dos Mon Calamarianos, perto da Conexão Overic.

Temos boas relações com Raddus e suas fações, mas a Aliança ainda precisa convencer a maioria dos Mon Cals. Aos olhos do Império, as ações de Raddus e seus refugiados já fizeram toda a espécie ser considerada culpada por traição. Podemos ajudá-los a resistir.

## CORRENTE PROFUNDA

COMANDANTE: Saltbite
OPERAÇÕES: Tynna, Rota dos Construtores

Inicialmente uma operação de inteligência, a Corrente Profunda incrementou a aptidão de Tynna para a burocracia com o intuito de juntar dados volumosos acerca de envios e tráfego de carga na Orla Imperial. Se fornecerem dados, podemos oferecer proteção.

## GUARDIÕES DOS WHILLS

COMANDANTE: Nenhum
OPERAÇÕES: Jedha, subsetores libertados

Embora poucos Guardiões tenham se espalhado para fora do planeta, eles merecem registro por manter oposição espiritual à lei imperial (note o valor de propaganda em potencial). Os Guardiões têm diversas tradições de combate esotéricas. Uma presença maior do Império em Jedha resultou numa guarnição mais forte na Cidade Sagrada e no fechamento do Templo Kyber.

## FREEMARCH

COMANDANTE: Marilena Pet-e-Ella Alda Mattea
OPERAÇÕES: Lorrd, setor Corporativo

(ver pág. 2)

É o Braça Profunda?
Almirante Ackbar

CONFIRMADO. UMA DAS MELHORES FONTES DE INTELIGÊNCIA DA RESISTÊNCIA VINDAS DAS REGIÕES DESCONHECIDAS. AINDA TRABALHA COM SALTBITE, MAS NÃO TEM MAIS CONSEGUIDO NADAR.
- EMATT

FIM DO DOCUMENTO

## MON MOTHMA PARA GEN. DRAVEN

O grupo de Partidários não é bom o suficiente, general. Estão colocando civis em perigo. Fim de discussão.

**DOCUMENTO CONFIDENCIAL — NÍVEL DE ACESSO:**

TANO/DRAVEN PROG30954

**RI 345-X6**
**AÇÃO EM MUSTAFAR**
**PARA: GEN. DRAVEN**
**DE: AHSOKA TANO**

General, os Espectros nos forçaram a agir em Mustafar, mas o incidente foi uma clara vitória para a Rebelião.

**RESUMO DA MISSÃO:** A célula dos Espectros chegou a Mustafar para resgatar um de seus membros (Kanan Jarrus, ver Dume, Caleb) de dentro do Destróier Estelar Imperial Soberano, comandado pelo Grande Moff Tarkin. Após se infiltrarem, os agentes Espectrais sabotaram o reator e destruíram a espaçonave. Foi confirmado que Tarkin sobreviveu. Eu conduzi a frota setorial da Aliança para Mustafar, para dar cobertura aos Espectros até que todas as unidades pudessem escapar.

**AÇÕES PÓS-MISSÃO:** Os Espectros foram integrados à célula Fênix e se reportam agora ao comandante Sato. A líder dos Espectros, Hera Syndulla, recebeu uma comissão de oficial da Aliança.

*A famosa Hera Syndulla? Se ao menos eles soubessem onde ela iria parar... —Leia*

MOTHMA/REGISTRO DIÁRIO

SIM, A AÇÃO MILITAR EM MUSTAFAR FOI UMA VITÓRIA DE CURTO PRAZO. CONTUDO, O IMPÉRIO AGORA CONHECE O PODER DA FORÇA NAVAL DA ALIANÇA. A PERDA DE UM DESTRÓIER ESTELAR IMPERIAL GARANTE QUE HAVERÁ UMA RESPOSTA MUITO EM BREVE. O IMPÉRIO REFORÇARÁ A SEGURANÇA POR TODA A ORLA EXTERIOR.

ESSE MOMENTO ERA INEVITÁVEL, MAS EU NÃO ESTAVA PREPARADA PARA ENFRENTÁ-LO TÃO CEDO. A REBELIÃO PRECISA COMEÇAR A TOMAR ATITUDES MAIS AGRESSIVAS, OU SEREMOS PEGOS DE SURPRESA.

Mon, achei que pudesse gostar disto. As Corvetas Martelo estão sendo modificadas agora mesmo para serem usadas pelo Esquadrão Fênix.

**PARA**: Moff Stattata, setor Lothal
**DE**: Senadora imperial Leia Organa, princesa da Casa Real de Alderaan
**ASS.**: Abandono flagrante de função

Governador,

Enviarei uma reclamação formal contra a administração imperial em Lothal. Cheguei recentemente à capital numa missão de apoio financiada pelo Senado, trazendo três naves carregadas de suprimentos. Avisei repetidas vezes ao comandante do porto quanto aos assaltos, tendo sido vítima de ataques rebeldes no passado.

Permita-me repetir: eu não poderia ter deixado minhas preocupações mais claras. Entretanto, apesar do bloqueio da plataforma de pouso e da patrulha de dois AT-ATs, ladrões terríveis escaparam com todas as três naves. Em questão de horas após a minha chegada!

Solicito total compensação imperial. Se esta questão não for resolvida com a devida rapidez, pretendo levar o assunto ao Senado.

Eles pagaram! Sempre tente tudo contando com a ínfima chance de que pode funcionar.
—Leia

RECIBO DE REMUNERAÇÃO
A/C: GOVERNADOR IMPERIAL, SETOR LOTHAL

***PEDIDO DE REEMBOLSO EM NOME DE: CASA REAL DE ALDERAAN***

Corveta Martelo Flecha de Amity....................................650,000 créditos
Corveta Martelo Iluminadora.............................................650,000 créditos
Corveta Martelo Duquesa Senna......................................650,000 créditos
Carga, suprimentos (68.500 toneladas)..........................292,500 créditos
(ver página seguinte para itens de carga)

AH, CÉUS, BECK NÃO! É O MONSTRO QUE ME FEZ CORRER PARA CYRKON. - EMATT

**HENDRI UNDERHOLT**

Senadora, a agente Beck, do Departamento de Segurança Imperial, requisitou uma reunião com você. Eu menti e disse que a senadora já havia deixado Coruscant em missão de inteligência em Goroth.

**MON MOTHMA**

Muito bem, Hendri. Mantenha os abutres longe de nós.

DOC #0532286-ALL

**PARA: CMD. MOTHMA**
**DE: GEN. DODONNA**
**ASS.: CAÇAS ESTELARES**

DOCUMENTO OFICIAL

Comandante,

Anexei relatórios de nossos comandantes de campo acerca dos caças estelares mais fortes da Aliança: o X-wing, o A-wing, o U-wing e o protótipo B-wing.

Esses caças estelares darão suporte aos Y-wing usados atualmente. Naves de patrulha e modelos antigos das Guerras Clônicas (incluindo os Delta-7s reconstruídos) são recomendados apenas para situações locais.

Se assim desejar, podemos discutir este assunto durante sua próxima visita a Dantooine.

NÃO ACREDITO QUE AINDA USAVAM DELTA-7S. A MAIORIA DOS CAÇAS ESTELARES DAS GUERRAS CLÔNICAS FOI CONSTRUÍDA COM MUITA PRESSA. NÃO AGUENTAVAM USO PROLONGADO. -POE

## COMANDANTE JUN SATO PARA GENERAL DODONNA

A Rebelião não pode ignorar a vantagem dos interceptadores velozes para ataques rápidos. A minha unidade, o Esquadrão Fênix, depende muito do A-wing e dos nossos pilotos habilidosos.

Por falta de cargueiros, transportamos nossos A-wings a bordo de uma fragata classe Pelta e uma corveta CR90 (com a ajuda de tubos e cabos de carga). Cargueiros específicos para caças serão necessários quando a Aliança aumentar o alcance de seu Comando de Caças Estelares.

O A-wing é uma espaçonave de um piloto só, mas temos constatado que a nave de treino RZ-1T, que tem dois lugares, é extremamente útil para a certificação de pilotos no equipamento. Se houver modelos disponíveis, podemos fazer bom uso de treinadores de A-wing nas escolas de voo em Homon e Farstey.

CONTINUA

TENHO UMA QUEDA ESPECIAL PELO A-WING. APRENDI A VOAR NO RZ-1 DA MINHA MÃE. TEM A MENOR SILHUETA ENTRE OS CAÇAS DA REBELIÃO OU DA RESISTÊNCIA E FAZ CURVAS MAIS RÁPIDO QUE UM FOGUETE NUMA PISTA DE GELO. -POE

Muitos pilotos contam a história de quando um único A-wing detonou um Super Destróier Estelar. Mas todos discordam sobre quando e onde aconteceu. -Poe

DOC #0532286-ALL

## CAÇA ESTELAR A-WING RZ-1

**Fabricante:** Sistemas de Engenharia Kuat

**Comprimento:** 9,6 metros

**Armas:** Dois canhões de laser, doze mísseis de impacto

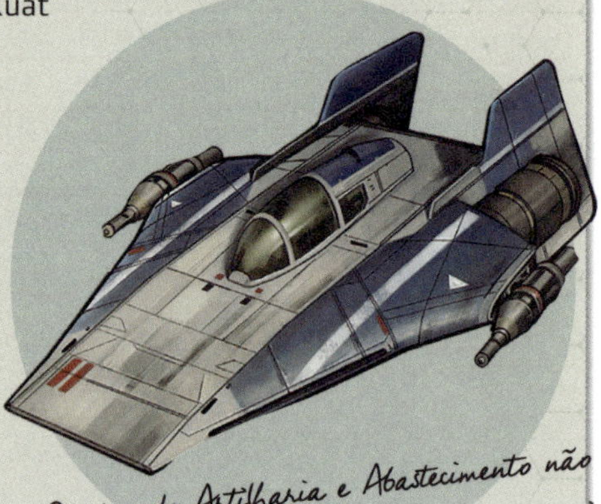

- Design esguio e dois motores conferem velocidade e um pequeno perfil de alvo.
- Em manobrabilidade e potência subluz, o A-wing supera o interceptador TIE/IN.
- O hiperpropulsor não precisa de droide astromecânico para cálculos de salto.
- Sacrifica blindagem por velocidade; se o gerador de campo de força de fábrica for removido, espera-se ainda maior performance de impulso, com maior risco para o piloto.

*O setor de Artilharia e Abastecimento não pode endossar a aquisição de mais A-wings no momento, considerando o número desproporcional que o Esquadrão Fênix perdeu até hoje. —Mothma*

## RELATÓRIO OFICIAL

*Coronel Bandwin Cor para general Dodonna*

Respondendo à pergunta óbvia: sim, devíamos usar os X-wings como espinha dorsal do nosso Comando de Caças Estelares. O general Merrick concorda. Garven Dreis também. A não ser que coloque uma arma na cabeça deles, nenhum voará em outra espaçonave. Os dois são de Virujansi, então pode ser assim porque o X-wing voa rápido feito um inseto. É algo que vamos encontrar cada vez mais ao recrutarmos na Orla. Nosso equipamento deve servir. Felizmente, o X-wing é o raro caça estelar que pode dar conta de TIEs, Destróieres Estelares e tudo mais entre esses dois.

Segue material suplementar. Com sorte, vai convencer os contadores.

*Assino emb[aixo] -Poe*

*Tendo trabalhado com procurações e logística, seria errado dizer que simpatizo com Grafisi? Créditos acabam. Nem todos conseguem o que querem. -Statura*

*Vou me lembrar de que disse isso, Statura. Almirante Ackbar*

CONTINUA

# O NOVO CAÇA X-WING T-65. CRIE ASAS.

Velocidade. Agilidade. Poder de fogo. Versatilidade.

Elegância em 12,5 metros do nariz à cauda.

É incomparável

Quando você comprar, todos esses itens estarão nas mãos de seus pilotos.

**NOTA: O SOQUETE PARA DROIDE ASTROMECÂNICO ATRÁS DA CABINE ACEITA OS NOVOS MODELOS DA IA.**

1. Quatro canhões de laser Taim & Bak KX9
2. Dois pares de fólios de ataque, que se desdobram para maior alcance de fogo
3. Dois lançadores de torpedos de prótons Krupx MG7, escondidos na fuselagem
4. Gerador de energia criogênica Novaldex 04-Z
5. Projetor de campo defletor Chepat "Defensor"
6. Quatro motores de impulso a fusão 4L4
7. Hipepropulsor de longo alcance
8. Conjunto de sensores e transmissores Carbanti
9. Fuselagem de transparaço

*Em comparação com os X-wing T-70 usados hoje pela Resistência, esse modelo ainda se sai muito bem. Sempre fico feliz quando tenho que pilotar um T-65.*
*-Poe*

DOC #0532286-ALL

# COMBATE NAVE A NAVE

## MANUAL DE VOO DO X-WING

Por Barion Raner (Azul Quatro)

Conteúdos das subseções:

1. Curva em S
2. Curva ofensiva
3. Curva defensiva
4. Inversão de curso
5. Perseguição lenta

EU DECOREI AS REGRAS DE RANER NA INFÂNCIA! -POE

### 1. CURVA EM S

Use a Curva em S para abandonar o combate. Após rolar de ponta-cabeça, mergulhe na vertical e volte na direção oposta à do veículo inimigo.

Execute esta manobra quando o atacante se aproximar por trás. Um ataque a míssil é feito, em geral, em alta velocidade de aproximação. Um ataque a laser será feito em velocidade suficiente para fixá-lo no retículo de mira e minimizar a chance de o inimigo desperdiçar disparos. O sucesso de uma Curva em S depende da velocidade de reação do piloto do X-wing.

DEVE SER UMA VERSÃO MAIS ANTIGA. LEMBRO-ME DESSA SEÇÃO DE FORMA DIFERENTE. -POE

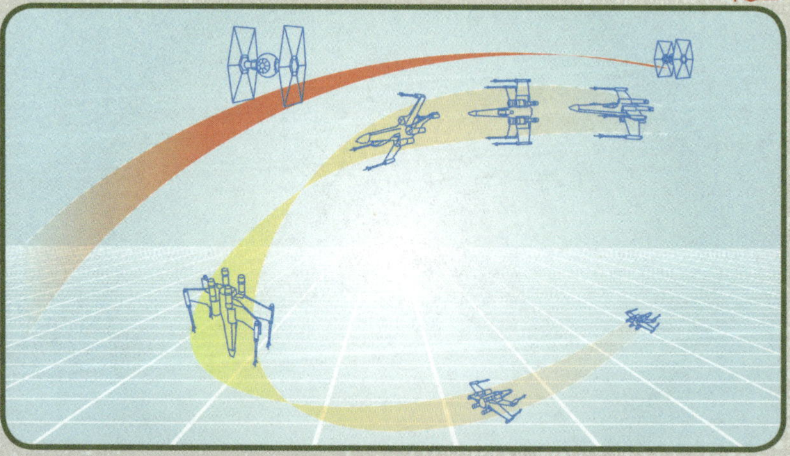

4

FIM DO DOCUMENTO

MISSÃO #3920R

PLANO DE MISSÃO:

# OPERAÇÃO CORSÁRIO

MISSÃO: COMPLETA

PLANO ENVIADO POR:

GARVEN DREIS (LÍDER VERMELHO)

OBJETIVO:

Adquirir Y-wings desativados do cemitério de naves em Ord Biniir

ESTRATÉGIA:

Empregar dissimulações para evitar levantar suspeitas nos inimigos acerca da mobilização de rebeldes no Vazio de Chopani. Alguns X-wings já chegaram às mãos de piratas e não são incomuns em certos setores da Orla. Nosso intuito é nos passar por eles, simulando sua aparência e tática de voo.

Diversos X-wings do Esquadrão Vermelho precisarão de marcações de piratas temporárias para esta missão. Veja os modelos sugeridos.

KARÉ KUN QUIS FAZER ALGO ASSIM QUANDO VOÁVAMOS COM O ESQUADRÃO RAPIER. POR QUE NÃO ATENDI AO PEDIDO DELA? ESSES PARECEM SENSACIONAIS! -POE

VARIANTE EXTERIOR /1

VARIANTE EXTERIOR /2

DOC #25335721-ALL

**PARA: GEN. DODONNA, COMANDO DE SETOR**
**DE: CMD. SYNDULLA, LÍDER FÊNIX**
**ASS.: PROJETO SHANTIPOLE**

**DOCUMENTO OFICIAL**

**RESUMO DA MISSÃO:** Contato estabelecido com o engenheiro Mon Cal Quarrie em Shantipole. Com a bênção dele, pilotei seu protótipo de caça, o Blade Wing. As armas supercarregadas do protótipo mostraram-se suficientes para romper o bloqueio imperial em Ibaar. Ver documentação secundária para registros de voo.

O senador Organa atualmente está colaborando com a Slayn & Korpil para fabricar B-wings adicionais. Pode levar algum tempo até vermos resultados. Contudo, creio que o B-wing pode substituir o Y-wing como principal caça de ataque contra as espaçonaves imperiais.

ARQUIVOS

### CAÇA ESTELAR DE ATAQUE B-WING A/SF-01

BASEADO NO PROTÓTIPO B6 BLADE WING

FABRICANTE: Slayn & Korpil

COMPRIMENTO: 16,9 metros

NÃO HAVIA BOMBARDEIRO MELHOR, PELO MENOS NÃO ENQUANTO A RESISTÊNCIA NÃO PÔS AS MÃOS NOS BOMBARDEIROS PESADOS B/SF-17. MAS AINDA ADORO ESSES DESTRUIDORES DE NAVES. -POE

- Rompe-bloqueio/bombardeiro de naves maiores – não otimizado para combate próximo
- Construído em torno de aerofólio único
- Cabine giroscópica num lado mantém-se nivelada com o horizonte enquanto o aerofólio gira, cápsula de armas numa ponta, motor no centro
- Canhões laser, torpedos de prótons, canhões de íons
- Dois fólios em S dobrados para garantir disparos mais espalhados
- Hiperpropulsor integrado (sem droide astromecânico)

SEGUNDO OS MECÂNICOS, A MANUTENÇÃO DES-TROÇO É UM PESADELO. POR OUTRO LADO, ESSES CARAS RECLAMAM DE QUASE TUDO. -POE

NOTA: A equipe da S&K rejeitou os seguintes componentes do protótipo do Blade Wing durante a produção do modelo em questão:

- Laser de raios múltiplos (drena energia do hiperpropulsor, risco de sobrecarga)
- Estação de atirador secundária (estruturalmente instável)

DOC #42020820-ALL

PARA: CMD. MOTHMA

DE: ALTE. RADDUS

ASS.: ESTADO ATUAL DA FROTA

DOCUMENTO OFICIAL

Uma avaliação bem clara de Raddus. Só que nada disso o impediu de correr para a batalha em Scarif. Almirante Ackbar

Meus assistentes Caitken e Shollan compilaram isto aqui para mim. O fato é: estamos nos virando com as naves menores enquanto não conseguimos botar os grandões para funcionar. A Aliança ainda não está pronta para dar de cara com uma frota do Império.

Nossa frota, como se encontra agora, consiste basicamente destas classes de espaçonave:

**AERONAVE DE COMBATE DORNEANA:** Tivemos a sorte de encontrar uma boa quantidade de aeronaves classe Braka'tok. São muito poderosas, por conta do tamanho, e podem comportar dois caças debaixo do compartimento de carga inferior.

Uma pérola entre as naves principais menores. Será que alguém ainda usa? –Statura

**CORVETA MARTELO:** Motores poderosos permitem que ela funcione como reboque. Três canhões de laser duplos: dois para a frente, um para trás.

Dornea, meu querido Statura. Em Dornea, ainda usam. Almirante Ackbar

**CRUZADOR ALDERAANIANO:** Tanto a corveta CR90 quanto a CR70 são rápidas o bastante para romper bloqueios. A maioria dos modelos possui torres de turbolaser duplas.

**FRAGATA CLASSE *PELTA*:** Um modelo resistente da Estaleiros de Propulsores de Kuat (EPK) projetado durante as Guerras Clônicas. Nós as trouxemos para servir de estação médica, mas viemos reajustando, pondo turbolasers e lasers de defesa.

**TRANSPORTADORAS GALLOFREE:** A GR-75 é o núcleo da nossa estratégia de abastecimento. Atualmente são usadas como tanques de combustível, explosivos, estação médica e transporte de tropas. A maioria tem torres gêmeas de laser.

DOC #3552184-ALL

**PARA: CMD. MOTHMA**
**DE: CEL. ANJ ZAVOR**
**ASS.: OPERAÇÕES NO SISTEMA TELARIS**

**DOCUMENTO OFICIAL**

As naves-cidade Mon Cal refugiadas na nuvem cometária de Telaris foram completamente convertidas em instalações de produção bélica. O *Profundidade* será um dos primeiros cruzadores prontos para combate. Enviarei mais notícias conforme esteja tudo pronto.

*Lar Um ficava pouco atrás, se bem me lembro. Saímos do deque na frente do Nautiliano de Metta Cors? —Almirante Ackbar*

**ASS.** CRUZADOR ESTELAR MODIFICADO MC75

**TRIPU.** 3,225

**COMPR.** 1.204 METROS

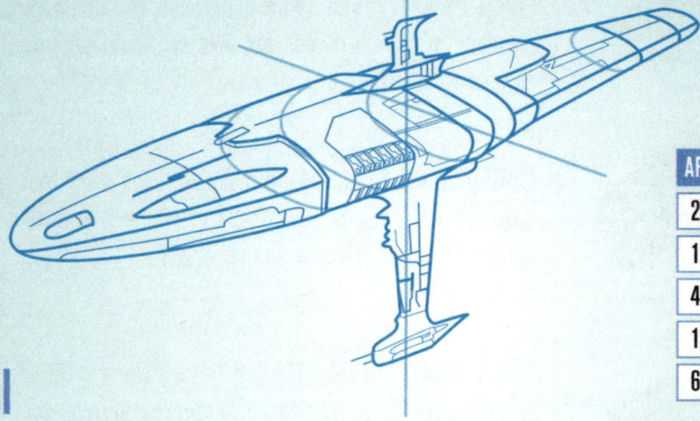

*Comentário profético. A construção pesada da nave acabava por dificultar seu voo rasteiro, principalmente depois das condições de Ishanna. —Statura*

| ARMAMENTO |
|---|
| 20 canhões de laser de defesa |
| 12 canhões de turbolaser largos |
| 4 canhões de íon pesados |
| 12 lançadores de torpedos de prótons |
| 6 projetores de raio trator |

**ADENDO:**

Adquirimos um maciço cruzador classe *Fogo Quasar* no sistema Ryloth, graças à comandante Syndulla. Se a Aliança conseguir mais dessas naves, poderiam entrar no papel de transportador de escolta.

Um único pode acomodar até 48 caças estelares. Segundo um relatório emitido por fabricantes da Orla Média, a integridade estrutural da armação espacial é questionável, e sujeita a microfraturas durante a reversão de espaço real.

DOC #3555494-ALL

**PARA: CMD. MOTHMA**
**DE: GEN. ONORAN, FORÇAS ESPECIAIS**
**ASS.: RELATÓRIO: VEÍCULOS DE SUPERFÍCIE**

**DOCUMENTO OFICIAL**

Comandante, leia abaixo minha avaliação sobre a disponibilidade e forças relativas dos veículos de solo da Aliança, incluindo tanques de ataque e hovercrafts armados. Detalhes adicionais foram fornecidos pelo tenente Sefla.

*A Resistência é muito pouco equipada no que tange a veículos de solo. – Ematt*

1. **Kelliak Freerunner:** Veículo repulsor modular com plataformas giratórias de armas.

*Sefla: Cabine aberta limita a utilização. Ótima visibilidade até chover.*

2. **Rastreador Pesado Mekuun:** Veículo de ataque usado no momento como centro móvel de comunicações. Conjunto de sensores de onissonda. Possui canhão de laser pesado de longo alcance.

3. **VAU (Veículo de Ataque Ultraleve):** Veículo repulsor pequeno e ligeiro, para um piloto e um atirador. Dois canhões de laser dianteiros e um canhão de raios rotativo montado na traseira, além de lançador de mísseis de impacto.

4. **Aratech Arrow-23:** Landspeeder modificado para combate. Canhão de laser e lançador de mísseis de impacto. Pode carregar cinco troopers com conforto.

*Sefla: Fechado e blindado, perfeito para explorar campo aberto. O peso da blindagem pode sobrecarregar as bobinas de repulsão.*

1

2

3

4

*Eu daria tudo para ter uma frota repulsora em D'Qar com qualquer um desses modelos, mesmo que a maioria seja mais velha que eu. – Ematt*

SETOR TALDOT

Mon Mothma,

Preparei este relatório sobre o nível de prontidão militar atual do Império. Não prcciso dizer que a Aliança está em desvantagem. Nossa situação é árdua.

Tomei a liberdade de marcar uma reunião para discutirmos esses dados pessoalmente. Por favor, venha preparada para justificar o direcionamento atual da Aliança.

Atenciosamente,
Senador Vasp Vaspar
MINISTRO DA INDÚSTRIA DA ALIANÇA

*E hoje, agora que a Nova República controla a galáxia, nossa Resistência está em desvantagem em relação ao equipamento da reduzida Primeira Ordem. A Força deve mesmo ter fé na gente, por sempre nos colocar em situações tão desiguais. —Leia*

DOC #3810126-ALL

**PARA: CMD. MOTHMA**
**DE: GEN. CRACKEN**
**ASS.: FROTA IMPERIAL**

**DOCUMENTO OFICIAL**

Anexos estão os principais achados de agentes que operam dentro ou perto dos seguintes estaleiros imperiais: Corellia, Kuat, Ringo Vinda, Allanteen VI e Fondor.

## DESTRÓIERES ESTELARES

Os Destróieres Estelares estão se tornando o emblema do Império por toda a Orla. Os modelos da classe Venador, introduzidos durante as Guerras Clônicas, ainda são produzidos na Estaleiros Kuat. O Destróier Estelar Imperial, contudo, está rapidamente tomando seu lugar, visto que as fábricas da EPK vêm sendo convertidas para acomodá-lo por inteiro.

**1. Destróier Estelar Imperial**
COMPRIMENTO: 1.600 metros
ARMAMENTO: Baterias de turbolaser pesado, canhões de íons, torres

*Ainda em uso, mas substituído nas linhas de frente pelo cruzador de batalha classe Ressurgente da Primeira Ordem. Com 2.900 metros, este é quase duas vezes maior. -Statura*

*Dizem que Snoke comanda uma espaçonave que é um gigante perto do velho Super Destróier Estelar. -Holdo*

CONTINUA

duplas de turbolaser pesado, torres de canhões de íon pesados, turbolasers quádruplos pesados e médios, projetores de raio trator. Transporta caças TIE e AT-ATs. Tripulação complementar de quase 40 mil.

**2. Destróier Estelar Venador**

COMPRIMENTO: 1.137 metros

ARMAMENTO: Torres duplas de turbolaser pesado, canhões duplos de turbolaser médios, canhões de laser de defesa, projetores de raio trator, tubos de torpedo de prótons pesados. Transporta caças estelares, aeronaves de combate e andadores, bem como os componentes modulares para erguer uma guarnição planetária.

**ATUALIZAÇÃO: Interditor imperial**

Não sabemos todos os detalhes. Equipado com quatro projetores de poço de gravidade — quando capacitado, pode forçar naves para fora do hiperespaço e impedi-las de escapar. Protótipo encontrado e destruído no sistema Del Zennis.

## VEÍCULO IMPERIAL DE PATRULHA

Sempre que possível, a Rebelião precisa comprar brigas que possa vencer, ou seja, cruzadores Gozanti ou naves menores que costumam ser lançadas na Orla contra piquetes ou para inspeções de carga. X-wings e Y-wings podem sobrepujar essas naves e escapar em segurança antes da chegada de reforços.

**1. Cruzador Gozanti**

ARMAMENTO: Torre gêmea de laser, canhão de laser pesado. Pode carregar quatro caças TIE (ou dois AT-ATs para avanço no solo) usando travas de transporte exteriores.

**2. Cruzador leve Arquitens**

ARMAMENTO: Torres de laser quádruplas, canhões duplos de turbolaser e tubos de mísseis.

FIM DO DOCUMENTO

DOC #33253345-ALL

**PARA: CMD. MOTHMA**

**DE: GEN. MERRICK**

**ASS.: CORPO DE CAÇAS IMPERIAIS**

**DOCUMENTO OFICIAL**

Por não ter campo de força e depender de transporte interestelar, o caça TIE se mostra fraco comparado à maioria dos modelos da Aliança. Porém, isso não faz diferença quando estamos em tamanha desvantagem. A Sienar Systems fabrica TIEs demais para darmos conta, e, enquanto eles arranjarem gente para enfiar na cabine, estaremos em desvantagem.

O caça TIE padrão é rápido, porém falho. Não tem campo de força, hipepropulsor nem sistema de suporte vital; isso tudo reduz o peso da nave, facilitando manobras. Na base da cabine, há um par de canhões de laser.

Os engenheiros da Sienar não estão de brincadeira. Estão comprometidos com o sistema de painel solar/motor de íons e continuam a encontrar inúmeras formas de reexpressar essa equação básica. Como acontece com tudo relacionado ao Império, a lista está longe de ser completa.

ESTARÍAMOS GARANTINDO MUITO MAIS BAIXAS SE AINDA FOSSE ASSIM. ISSO SIGNIFICA QUE OS PILOTOS DA PRIMEIRA ORDEM NÃO TÊM SIDO TRATADOS COMO OBJETOS DESCARTÁVEIS. E TENHO DE ADMITIR QUE ASSIM É MELHOR. -POE

1. **Bombardeiro TIE/sa:** Estrutura composta por duas cápsulas distintas e alongadas — uma abriga o piloto; a outra, a carga. Além do que vai despejar para explodir tudo, o bombardeiro TIE conta com mísseis teleguiados e um par de canhões de laser.

2. **Interceptador TIE/IN:** É esse modelo que mais me preocupa. Placas solares em forma de punhal alimentam um projetor avançado de fluxo de íons. É incrivelmente ágil. Somente nossos A-wings são páreo para eles em combate próximo.

3. **Artilheiro TIE:** É experimental, mas o caça de superioridade aérea TIE/sk x1 é incrível em ambientes com atmosfera. Vem com quatro canhões de laser e dois canhões de laser pesado, e alguns modelos têm lançador de bombas.

4. **Ceifador TIE:** Este é transportador de troopers, não um caça, mas tem tudo que é típico de um modelo TIE. O ceifador vem armado somente com dois canhões de laser, mas seu campo de força e estrutura rígida podem absorver ata-

CONTINUA

ques por tempo suficiente até descarregar os troopers — em geral troopers da morte de elite. É mais um modelo para ficarmos de olho.

**5. Caça TIE Avançado v1:** Parece que os Inquisidores do Império serão os primeiros a botar as mãos nestes protótipos. O v1 tem campo de força, hiperpropulsor e asas dobráveis, coisas incomuns para os TIEs. É armado com canhões de laser duplos e ogivas. Um desses caiu em nossas mãos após a missão em Mustafar, e a equipe de Harinar se divertiu muito dissecando-o.

**6. Caça TIE Avançado x1:** Nossa avaliação atual é de que este modelo será a nova geração do v1. Painéis solares angulados, dois canhões de laser pesado, lançador de mísseis, gerador de campo de força e hiperpropulsor. Não temos muitos dados com que trabalhar por hora, tirando umas gravações do Fênix que demonstraram com que facilidade um único x1 abriu caminho por entre todo um esquadrão rebelde.

**7. Defensor TIE:** Não sabemos como avaliar este. Configuração única, para dizer o mínimo. É um caça estelar com campo de força e acesso ao hiperespaço, três painéis solares angulados e dois canhões de laser em cada asa. Também possui lançadores de ogivas e projetor de raio trator. Acho que este será sempre uma raridade.

FIM DO DOCUMENTO

DOC #3491295-ALL

PARA: CMD. MOTHMA

DE: GEN. ONORAN

ASS.: ATAQUE IMPERIAL POR SOLO

DOCUMENTO OFICIAL

"Tática de armas combinadas" é o que manda na abordagem do Império no que tange à guerra em superfície, integrando múltiplos tipos militares, da infantaria à artilharia. Essa estratégia costuma atingir a principal fraqueza da Aliança, forçando-nos a nos defender de um tipo de ataque e nos deixando vulneráveis a outro.

Esses veículos — quando acionados junto de stormtroopers — trazem o poder total das forças combinadas do Império.

**1. Transporte Blindado para Todo Terreno (AT-AT):** Transportador de troopers com dois canhões de laser pesado no "queixo" e duas armas de raios médias de repetição com elevação variável em cada lado da "cabeça". Pode carregar até quarenta stormtroopers. Uma variação comum, o AT-ACT, tem menos armas e setor de carga móvel acoplado ao corpo.

**2. Transporte de Exploração para Todo Terreno (AT-ST):** O andador de exploração tem blindagem mais fraca e costuma ser usado em patrulhas urbanas. Armado somente com canhão de raios duplo, canhão de raios simples e lançador de granadas de impacto.

**3. Cápsula de Defesa para Todo Terreno (AT-DP):** As patrulhas policiais nos Territórios da Orla costumam incorporar AT-DPs. Têm cabeça com blindagem muito forte e um canhão de laser simples no queixo.

**4. Tanque de assalto e combate "Ocupador":** Outro veículo empregado geralmente em atividades urbanas. Armado com dois canhões de laser duplos móveis e um canhão de laser duplo médio, em geral vem acompanhado de infantaria a pé. Produzido tanto em modelos com esteiras quanto com repulsores.

**5. VAPw A6 Juggernaut:** Um veículo de ataque pesado que restou das Guerras Clônicas e é tão perigoso quanto um AT-AT. Um verdadeiro gigante — transporta até trezentos troopers — armado com canhão de laser pesado montado em torre, canhão de laser de repetição rápida, quatro canhões antipessoal e dois lançadores de mísseis de impacto. O Juggernaut tem um irmão caçula, também, o tanque turbo VAPw A9.

O DROIDE DE PATRULHA PARA TODO TERRENO DA PRIMERA ORDEM, OU AT-PD, É UM ANDADOR TOTALMENTE AUTOMÁTICO ARMADO COM DOIS CANHÕES DE LASER PESADO. ESPERO TER UNS VEÍCULOS BLINDADOS PARA MIM QUANDO FOR FINALMENTE ENFRENTÁ-LOS. - EMATT

Entendo o pedido, major, e me solidarizo. Mas infelizmente não temos nenhum deles guardados num cofre. —Leia

CONTINUA

**6. Tanque repulsor classe imperial 1-H:** Encontrado mais frequentemente na Orla Média e em outros locais mais próximos do núcleo. Possui canhão de laser pesado, canhão de raios médio e dois canhões de raios montados nas laterais. Segundo rumores entre os imperiais, quebra sob mau tempo.

**7. Transporte de tropas imperial:** Comum em planetas ocupados e praticamente não visto nos outros lugares. Armado com dois canhões de laser apontados para a frente e uma torre de armas de raio gêmeas. Facilmente identificável pelas seis aberturas para passageiros, três de cada lado.

FIM DO DOCUMENTO

MON MOTHMA — FAVOR REVISAR E DAR SUA APROVAÇÃO PARA DISTRIBUIÇÃO. CONFORME DISCUTIDO, EXCLUÍMOS MENÇÕES AOS PARTIDÁRIOS DE SAW GERRERA. — GEN. ONORAN

# TÁTICAS DE COMBATE

## MANUAL DE CAMPO REBELDE

Por sargento Ruescott Melshi, Forças Especiais da Aliança

As Forças Especiais são compostas por fuzileiros, patrulheiros, guerrilheiros urbanos, técnicos, desbravadores, especialistas em armamento pesado e infiltradores. Infiltramos. Extraímos. Entramos primeiro e atacamos do esconderijo. Fazemos isso melhor do que o Império, e é assim que venceremos esta guerra.

MELSHI. ELE SE FOI CEDO DEMAI
MAS É BOM VER SEU NOME MAIS U
VEZ. SERVIMOS JUNTOS EM
GAULUS.
- EMATT

### CONTEÚDO DAS SUBSEÇÕES:

1. Stormtroopers: identificação de classes
1. Táticas de guerrilha
1. Zonas de salto planetárias

### 1. STORMTROOPERS: IDENTIFICAÇÃO DE CLASSES



O Império depende agora de recrutas, mas o Corpo de Stormtroopers não está muito diferente do exército de clones da finada República.

Cada stormtrooper veste armadura de dezoito peças feita com plastoide branco. Os pontos fracos incluem a brecha entre a placa peitoral e a ombreira. É notória também sua visão periférica comprometida.

A. **Stormtroopers de Tanque (Tank troopers):** Treinados para reconhecimento e batalhas simples, em geral acompanham veículos de ataque em solo. Se puder pegá-los fora dos tanques, a armadura não lhes oferece muita proteção.

B. **Stormtroopers Magma (Magmatroopers):** Quando o Império começou a dominar os mundos mineradores da galáxia, eles se tornaram uma necessidade. Sua armadura reforçada pode suportar até 1.900 graus.

C. **Stormtroopers do Deserto (Sandtroopers):** Alocados em geral em mundos quentes e secos de areia e cinzas. A armadura possui filtros de respiração e recirculadores de resfriamento.

D. **Troopers de Reconhecimento (Scout troopers):** Especialistas em reconhecimento, os ciclistas pilotam speeder bikes 74-Z e usam armadura leve, pouco restritiva.

E. **Troopers da Neve (Snowtroopers):** Esses troopers de ataque no frio possuem um gorro respirador que cobre a placa do rosto, usado para recircular ar quente. Costumam ser treinados para sobrevivência.

F. **Stormtroopers de Defesa Costeira (Shoretroopers):** Bastante incomuns, defendem a costa e são otimizados para climas tropicais. Usam armadura leve, cor de areia. Os líderes dos esquadrões usam kamas presas nos cintos.

G. **Troopers de Foguete (Rocket troopers):** Também chamados de jump troopers, não usam jetpacks tão bem quanto os Mandalorianos, mas costumam saltar para locais mais elevados para atacar seus inimigos de cima.

H. **Troopers da morte (Death troopers):** Extremamente raros, são soldados de elite que servem à Inteligência Imperial como guarda-costas e em missões especiais. Sua armadura é feita de um material que confunde sinais eletrônicos, permitindo que se escondam de sensores.

VARIEDADES ADICIONAIS DA PRIMEIRA ORDEM INCLUEM OS STORMTROOPERS CONTROLADORES DE TUMULTO, OS TROOPERS DE ATAQUE PESADO E OS TROOPERS INCENDIÁRIOS. - EMATT

Foi uma pequena bênção ela não ter que lidar com os ciborgues assassinos da Gangue da Morte Guaviana ou os ex-capangas dos Hutt, que agora operam como os Kanjiklub. Desde a queda do Império, o submundo vem aparecendo mais e mais.
— Leia

MOTHMA/REGISTRO DIÁRIO

NÃO GOSTO DE LIDAR COM CRIMINOSOS. OS HUTTS SÃO OPORTUNISTAS CORRUPTOS. OS MEMBROS DO SOL NEGRO SÃO UNS ESCRAVOCRATAS ASSASSINOS. CRYMORAH E OS GOTRA DROIDES ME REVIRAM O ESTÔMAGO.

MAS NÃO IGNORO AS PREOCUPAÇÕES DAQUELES QUE ME URGEM A TOMAR MEDIDAS CONCILIATÓRIAS, PROCURAR SOLUÇÕES MENOS RIGOROSAS EM CURTO PRAZO. ANTES A ALIANÇA SE DOBRAR DO QUE SE QUEBRAR.

PERMITI AO GENERAL DRAVEN QUE ENVIE UM DE SEUS MELHORES HOMENS, O CAPITÃO ANDOR, PARA REABRIR DISCUSSÕES COM O CONSELHO HUTT. POR HORA, USAREMOS NOSSOS ESPIÕES INFILTRADOS PARA FICAR DE OLHO NAS DEMAIS FACÇÕES CRIMINOSAS.

**DOCUMENTO CONFIDENCIAL — NÍVEL DE ACESSO:**

ANDOR/DRAVEN PROG31052

**RI 311-B6**
**GCR**
**PARA: GEN. DRAVEN**
**DE: CAP. ANDOR**

Nosso agente na Guilda de Caçadores de Recompensa relata que a opinião geral tem ficado cada vez mais negativa com relação à Rebelião, visto que o Império vem usando com mais frequência os serviços da guilda.

Ou seja, Cradossk está fazendo fortunas. Moffs endinheirados se dispõem a pagar muito bem aos caçadores que possam sumir com os problemas. O Departamento Imperial de Investigação Criminal tem todo um bando dedicado a trabalhar junto da guilda.

Se ainda aceitarão dinheiro nosso? Claro que sim. No entanto, nos trabalhos que gerem consequências de verdade, seremos deixados para trás pelo Império.

A guilda não é mais como antes, e, por esse motivo, não poderia haver momento melhor para a Resistência forjar uma parceria.
— Holdo

CONCORDO, MAS COM RESSALVAS. FELIZMENTE, PARECE QUE A PRIMEIRA ORDEM NÃO QUER NEGOCIAR COM A GUILDA, POSSIVELMENTE POR MOTIVOS IDEOLÓGICOS.
— EMATT

DOC #2250135-ALL

**PARA: CMD. MOTHMA**
**DE: GEN. DRAVEN**
**ASS.: GUILDA DOS MINERADORES**

**DOCUMENTO OFICIAL**

Notícias decepcionantes do conselho Hutt e da Guilda de Caçadores de Recompensa, eu sei. Deixe-me já sugerir outra possibilidade: a Guilda dos Mineradores.

A guilda opera sob a bênção do Império, mas suas raízes já existiam muito antes de Palpatine. Juntaram-se ao regime por conveniência, não por ideologia. Acredito que a Aliança possa garantir concessões de livre-passagem com a Guilda dos Mineradores, e o custo pode ser menor do que você imagina.

## INVESTIGAÇÕES ATIVAS

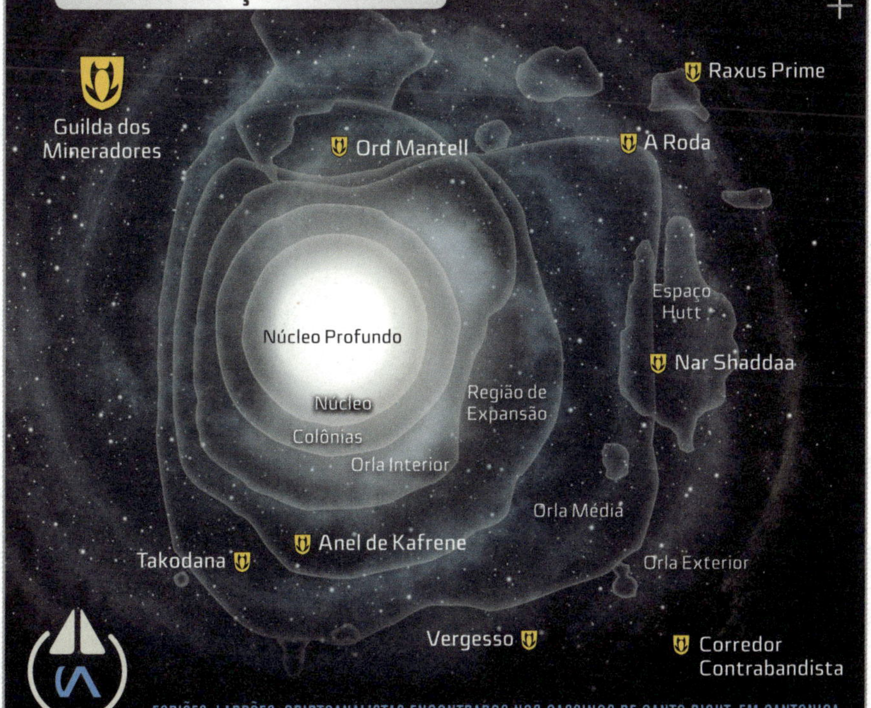


ESPIÕES, LADRÕES, CRIPTOANALISTAS ENCONTRADOS NOS CASSINOS DE CANTO BIGHT, EM CANTONICA

## MAPA GALÁCTICO

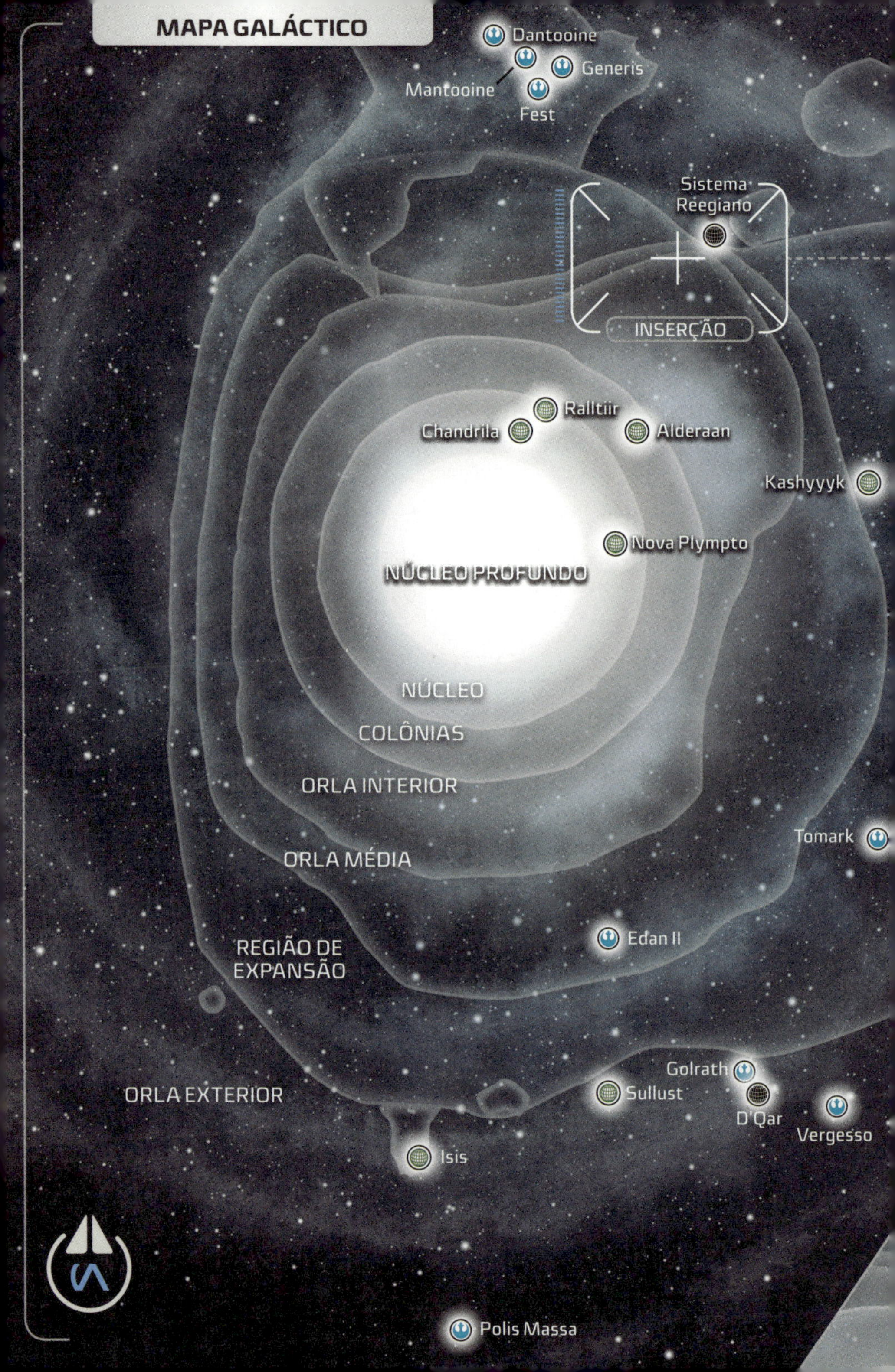

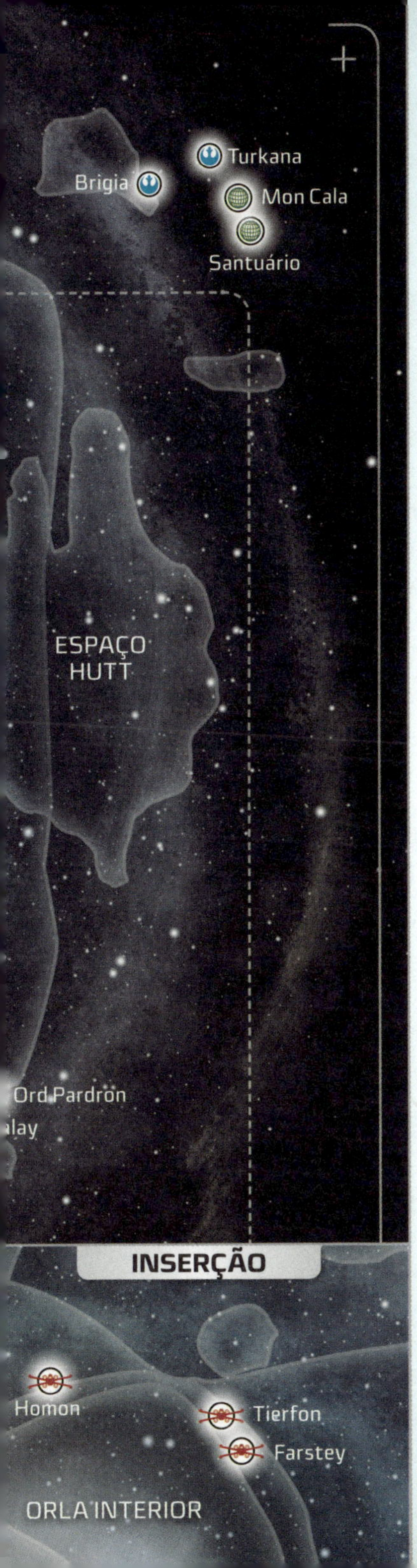


## LEGENDAS

### OPERAÇÕES REBELDES QGs SETORIAIS/REGIONAIS

- Talay
- Golrath
- Vergesso
- Polis Massa
- Tomark
- Brigia
- Turkana
- Mantooine/Fest
- Generis
- Edan II
- Dantooine

### PLANETAS-SOMBRA ESCONDERIJOS NO ESPAÇO PROFUNDO

- D'Qar
- Sistema Reegiano

### EIXOS DE CAÇAS ESTELARES NÍVEL 5 OU SUPERIOR

- Tierfon
- Homon
- Farstey

### PLANETAS ALIADOS MUNDOS SEGUROS PARA A ALIANÇA

- Alderaan
- Ralltiir
- Santuário
- Kashyyyk
- Nova Plympto
- Sullust
- Ord Pardron
- Chandrila
- Isis
- Mon Cala

*Não foi nessa era que construímos D'Qar? Ou foi depois? —Leia*

*FOI DEPOIS, PÓS-YAVIN. MIRRIN PRIME TAMBÉM. EU BEM SEI. MEUS PICANÇOS ESCOLTARAM OS DOIS MUNDOS. - EMATT*

+

CAMADA CODIFICADA (ORLA EXTERIOR): INSERIR CÓDIGO DE LIBERAÇÃO //7567 PARA VISUALIZAR

Bases da República, instalações Separatistas, esconderijos de piratas, casas de contrabando, postos Mandalorianos

DOC #2440135-ALL

PARA: GEN. DODONNA, COMANDO DE SETOR

DE: TEN. HEFF TOBBER, ESQUADRÃO AZUL

ASS.: BASE CRAIT

DOCUMENTO OFICIAL

Akbar, Statura, Haldo — tomem nota. — Leia

General, como você sabe, ajudei na evacuação da base Crait. Embora a tenhamos abandonado às pressas, deixamos boa parte das instalações intactas na esperança de retornar no futuro com equipamento de transporte pesado.

O centro de comunicações continua funcional (embora travado e desligado). Ainda há um esquadrão de skim speeders no hangar.

Os batedores não me preocupam. As coordenadas do sistema não aparecem em gráfico algum, e, ainda que a antiga companhia de mineração tenha deixado sua madeira em algum canto, a base em si é apenas um cofre. Os corte-fusores não poderão arrancar nem sequer uma lasca daquele portão de hiperaço, e o restante da base fica no coração de uma montanha.

Foi o que eu disse na época: difusão e mobilidade são chaves para a sobrevivên[cia]. Muitos só foram pensar co[mo] eu pós-H[oth]. — Almir[ante] A[ckbar]

## MON MOTHMA PARA GENERAL DODONNA

General, sobre a Aliança usar um QG central para equipe de comando, você tem meu apoio provisório. Dantooine continuará sendo o ponto de encontro para discussões de nível executivo.

Contudo, gostaria de resguardar nossa mobilidade. O almirante Raddus manterá nossa frota em curso, e bens cruciais ficarão em posse direta de agentes que conheço e em quem confio.

## MON MOTHMA PARA BAIL ORGANA

Sinto que não posso fazer de outro jeito.

Sei que a última vez que você trabalhou com Gerrera foi na missão em Geonosis. Porém, ele se tornou mais cruel e duro, e a brutalidade dos Partidários vem ativamente prejudicando a nossa causa.

**MON MOTHMA PARA BAIL ORGANA**

Esse tipo de extremismo é o que permite que o Império nos pinte a todos como extremistas. Governos planetários que poderiam ter simpatia pela nossa causa agora se recusam a receber nossos delegados. Acreditam no que se fala de pior sobre Saw e supõem que eu perdoo os crimes dele. E por que não o fariam? Quando foi que tomamos qualquer providência contra um dos nossos?

Enviarei uma moção para censurar Saw Gerrera formalmente e cortar de uma vez o contato dele com as nossas forças. Nossa Aliança Rebelde não incluirá Gerrera nem seus Partidários.

## RESOLUÇÃO DE CENSURA CONDENANDO SAW GERRERA, DOS PARTIDÁRIOS

**Em sua conduta como líder da Resistência e membro da Aliança pela Restauração da República, Saw Gerrera, violando seus votos de honrar os padrões da Aliança que regem o comportamento humano, inclusive tradições estabelecidas no Armistício de Ruusan, agiu de modos contrários ao que determinam as leis de conduta civilizada e executou atos de repugnância moral sem justificativa sob um estado de guerra.**

**Os Partidários de Saw Gerrera, sob sua liderança e direção únicas, alvejaram civis e inocentes, empregaram métodos cruéis de interrogatório e se recusaram a responder aos questionamentos constantes de representantes da Aliança. Conclui-se que Saw Gerrera não agiu de maneira que mereça a confiança e o respeito da Aliança.**

**Por meio desta, a Chefe da Aliança pela Restauração da República e os membros do Conselho da Aliança determinam que Saw Gerrera seja condenado por agir de modo incompatível com as leis e os ideais deste grupo.**

DOC OFICIAL: #Z1252X 22

NOTA |||| POR DECRETO IMPERIAL, TODOS OS CIDADÃOS DEVEM ENVIAR QUAISQUER INFORMAÇÕES ACERCA DE REBELDES INSURGENTES

# PROCURADO

## POR CRIMES CONTRA O IMPÉRIO

**PROCURADO:** Saw Gerrera • Traidor insurgente

**DEVE SER CONSIDERADO ARMADO E PERIGOSO. TOME CUIDADO.**

ALTURA: 1,87 m SEXO: Masculino RAÇA: Humano IDADE: Desconhecida

O Império busca a captura, ou evidência confirmada de morte, do famoso líder rebelde

ALIADOS CONHECIDOS: Beezer Fortuna, Moroff, Weeteef Cyu-Bee, gêmeos Tognath Benthic "Dois Tubos" e Edrio "Dois Tubos".

É vontade do imperador Palpatine garantir, no futuro, uma galáxia estável e próspera

# JORNAL TRINEBULON

*A Verdade, Direto da Fonte*

## SENADORA MOTHMA SE RETIRA

**Centro Imperial, Coruscant** — Uma reviravolta chocante ocorreu hoje no Senado Imperial, quando a senadora Mon Mothma, de Chandrila, denunciou o imperador Palpatine perante a assembleia legislativa.

"Eu acuso o imperador em pessoa por ordenar os ataques brutais em Ghorman", afirmou Mon Mothma. "Esse mundo pacífico é um dos inúmeros sistemas que não podem se defender dessa opressão. O massacre prova que nosso autointitulado 'imperador' não passa de um carrasco mentiroso que impõe tirania disfarçada de segurança. Não podemos permitir que esse mal persista."

A reação na câmara do Senado foi imediata e quase unânime. Senadores leais condenaram as afirmações com gritos de raiva que afogaram focos pontuais de aplauso. Contestada, a senadora retirou-se com seus assessores e se recusou a dirigir-se aos opositores. Um representante informou ao *Jornal TriNebulon* que Mon Mothma não daria declarações.

*Foi nesse momento que ela deixou de levar uma vida dupla. Meu pai e eu teríamos feito o mesmo em seguida, mesmo se o imperador não tivesse dissolvido o Senado.*

*—Leia*

*Agentes do DSI vieram à Casa Cantham para nos interrogar. Sabiam que sabíamos de alguma coisa. Só não podiam provar. —Leia*

ALERTA · ALERTA · ALERTA · ALERTA · ALERTA · ALERTA

# ALERTA DO DEPARTAMENTO DE SEGURANÇA IMPERIAL

A SENADORA IMPERIAL MON MOTHMA FUGIU DE CORUSCANT APÓS SEUS COMENTÁRIOS PÉRFIDOS CONTRA SUA MAJESTADE IMPERIAL.

TODOS OS CIDADÃOS DEVEM FICAR EM VIGILÂNCIA E RELATAR IMEDIATAMENTE QUALQUER INFORMAÇÃO QUE POSSA LEVAR À SUA CAPTURA.

MAIS NOTÍCIAS DO DSI EM BREVE.

DOC #27823357-ALL

**PARA: GEN. DODONNA, COMANDO DE SETOR**

**DE: CAP. VANDER, LÍDER DOURADO**

**ASS.: RELATO PÓS-MISSÃO: OPERAÇÃO ENTREGA**

DOCUMENTO OFICIAL

Y-Wings do Esquadrão Dourado escoltaram o transportador que levou a senadora Mon Mothma e seu assessor, Erskin Semaj, para Dantooine. Numa parada para abastecer, uma patrulha imperial atacou. O Esquadrão Dourado enfrentou o inimigo.

O transporte sofreu danos sérios, por isso Mon Mothma e seu assessor evacuaram para a nave Fantasma. Após derrotar os imperiais, o Esquadrão Dourado e a Fantasma saltaram para o hiperespaço.

**HENDRI UNDERHOLT**

Senadora! Não posso acreditar no que aconteceu! Erskin se ofereceu para me tirar daqui.

**MON MOTHMA**

Fico feliz em saber. Eu mesma queria perguntar isso, mas não teria sido justo. É tudo muito perigoso. Ao me seguir, você está cometendo uma traição.

**HENDRI UNDERHOLT**

Eu jamais abandonaria você, principalmente agora, quando precisa de amigos mais do que nunca.

**MON MOTHMA**

Vejo você em breve, Hendri. Tem sido uma nova experiência, ser fugitiva.

MOTHMA/REGISTRO DIÁRIO

Laços foram cortados. Planos estão em curso. Retirando-me do Senado, posso liderar mais efetivamente essa Aliança Rebelde, mas a ira do imperador será terrível.

Até que haja qualquer sinal de melhora, tudo vai piorar bastante, e nos separarmos em facções pode ainda vir a ser o que desmantelará a Aliança. Portanto, estou tomando decisões preventivas para encorajar a cooperação.

Como chefe do Alto Comando, incorporarei a visão tanto do lado político da Rebelião quanto do paramilitar. Soldados mais velhos, como Raddus, não conseguem imaginar solução alguma que não envolva combate. Idealistas como Pamlo imaginam uma paz negociada na qual Palpatine abrirá mão do controle do Senado.

Esses indivíduos vão compor o Conselho Rebelde. Eu os conheço bem, por isso sei que colocá-los numa mesma sala será . . . complicado.

*Eu mesma não acreditava nisso, mas achava que o Senado ainda podia conseguir alguma coisa. Por anos, movemos peças de uma casa a outra, sem saber que nosso oponente havia abandonado o jogo muito antes.*

*Leia*

Gen. Jan Dodonna
Comando de Setor

Cel. Bandwin Cor
Comando de Caças Estelares

Alte. Raddus
Comando de Frota
(ligação: Cel. Anj Zavor)

Gen. Pitt Onoran
Forças Especiais

Gen. Davits Draven
Inteligência da Aliança

Cel. Haxen Delto
Inteligência da Aliança
(comunicações)

Maj. Capin Harinar
Inteligência da Aliança
(tecnologia)

Gen. Baccam Grafis
Artilharia e Abastecimento

Gen. Dustil Forell
Serviços de Apoio

Sen. Bail Organa (Alderaan)
Secretário do Gabinete

Sen. Nower Jebel (Uyter)
Ministro das Finanças

Sen. Vasp Vaspar (Taldot)
Ministro da Indústria

Sen. Tynnra Pamlo (Taris)
Ministra da Educação

DOC #2788889-ALL

PARA: CONSELHO REBELDE

DE: MON MOTHMA

ASS.: DECLARAÇÃO DA ALIANÇA REBELDE

DOCUMENTO OFICIAL

Segue o pronunciamento que farei em uma hora. Ele será transmitido a todos os canais de comunicação da Aliança e inserido na HoloNet pública em todo local em que tivermos satélites emparelhados. Trilhões de seres logo ouvirão a minha voz. Será um chamado ao combate para toda a galáxia. Não podemos mais lutar isolados. Hoje será o primeiro dia da Aliança Rebelde. Juntos pela restauração da República.

Aqui fala a senadora Mon Mothma. Fui chamada de traidora por me contrapor a um Senado Galáctico corrupto, um Senado manipulado pelas táticas sinistras do imperador. Por tempo demais, vi a mão pesada do Império estrangular nossas liberdades, restringindo as nossas vidas com o falso pretexto da segurança. Basta.

Apesar das ameaças do Império, apesar do imperador, não sinto medo ao tomar uma nova atitude, pois não estou sozinha. A partir de hoje, vamos nos unir, como aliados.

Venho por meio deste comunicado me desligar do Senado, para lutar por vocês. Não nos distantes saguões da política, mas nas linhas de frente.

Não descansaremos enquanto não pusermos fim ao Império, enquanto não restaurarmos a República. Posso contar com vocês?

NÍVEL/CATEGORIA PRINCIPAL

# CRONO DA ALIANÇA 2

**RESUMO:**

## Organização da Rebelião

*Hendri Underholt*

ARQUIVISTA

DATA-PADRÃO: 14-17 DFI

(DEPOIS DA FORMAÇÃO DO IMPÉRIO)

Uma arma definitiva? Não existe. Nunca vai existir.

Nada além do extermínio completo poderia algum dia apagar as chamas da Resistência. Expurgação nenhuma poderia ser tão completa e certeira.

Saw discordaria. Lembro-me das reuniões, dos longos voos, de seu falatório interminável sobre a fixação do Império por símbolos de poder. Para ele, egoísmo desmedido sempre acaba em genocídio.

Rejeito esse raciocínio. Rejeito-o veementemente e com consciência firme. É uma dentre muitas coisas nas quais Saw e eu discordamos, mas me recuso a tolerar um cinismo tão monumental. Palpatine já foi senador por Naboo. Palpatine já foi uma criança. Ninguém pode viver por tanto tempo em sociedade e abandonar qualquer interesse em cooperar e coexistir.

Se os rumores acerca da empreitada de Tarkin são verdadeiros e o Império está de fato desenvolvendo o que considera a "arma definitiva", então só pode ser dissuasão. Usá-la seria monstruoso e contraproducente. Ninguém deseja causar morte em escala indiscriminada, não com as Guerras Clônicas tão frescas na memória de todos.

Acredito que exista bondade em todas as coisas, mesmo em meus inimigos. É isso que me resguarda de ceder ao cinismo e acabar enxergando tudo como Saw.

*Quem dera eu ainda tivesse todo esse otimismo... Almirante Ackbar*

*As pessoas são capazes de muitos males, isso é verdade. Mas, mesmo assim, podem ser salvas. —Leia*

DOCUMENTO CONFIDENCIAL — NÍVEL DE ACESSO:

CRACKEN/MOTHMA PROG38808

RI 395-X1

RESUMO DO CHEFE DE INTELIGÊNCIA

PARA: CMD. MOTHMA

DE: GEN. CRACKEN

Conforme solicitado, este documento contém uma análise geral sobre possíveis projetos de superarmas do Império, incluindo trabalhos teóricos que o senador Vaspar chamaria de “conversa de viajante”. Contudo, sinto que esses rumores revelam o hábito imperial de buscar soluções cataclísmicas para todo e qualquer problema.

O coronel Delto é nossa melhor opção para espionagem com escutas imperiais. Não sei se você passou tempo suficiente perto do major Harinar fora das preleções do Conselho, mas ele tem um dom para engenharia reversa de tecnologia capturada.

PARA: CRACKEN

DE: HARINAR

RE: SEU PEDIDO DE ARMAS

NOTA: PASSE TUDO ISSO PELA INTELIGÊNCIA DA RESISTÊNCIA. ALGUNS DESSES ITENS JÁ ESTÃO NOS REGISTROS, MAS OUTROS PODEM TER SIDO REFORMULADOS PELA PRIMEIRA ORDEM. EMATT

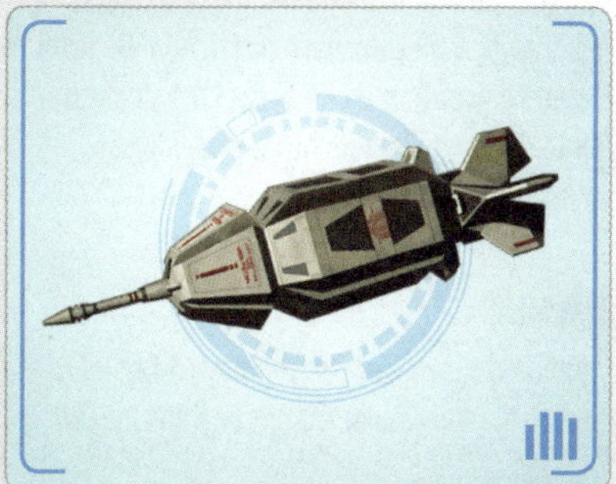

**1. BOMBA DE ELETROPRÓTONS/DESFOLHADOR**

Eis os dois lados da mesma moeda! A bomba foi utilizada pela República durante as Guerras Clônicas para destruir equipamentos eletrônicos dentro do raio de explosão, deixando troopers orgânicos ilesos. O desfolhador dos Separatistas fazia o oposto, rasgando ligações moleculares orgânicas e deixando o metal intacto. Combiná-los? É moleza. Note que o Império possui vários pesquisadores ex-Separatistas trabalhando para Krennic (ver doc. 41.2647).

**2. MEGACANHÃO DE ÍONS**

A versão dessa tecnologia usada nas Guerras Clônicas era construída na nave-capitânia Separatista *Malevolência* (classe *Subjugador*), mas foi destruída no sistema Prindaar. Ressonadores em camadas acumulam uma grande carga de íons, suficiente para exterminar uma frota pequena. Não vi um desses na armada do Império e não sei por quê.

CONTINUA

ARQUIVOS

CRACKEN/MOTHMA PROG38808

## 3. VÍRUS DA SOMBRA AZUL

Não sou patologista, mas agentes biológicos são uma grave ameaça. O Vírus da Sombra Azul mata formas de vida baseadas em carbono com taxa de sucesso de 96% e foi produzido em massa durante as Guerras Clônicas. Não temos quaisquer recursos para nos defender de uma pandemia localizada.

PARA: CRACKEN

DE: DELTO

RE: PROJETOS DE ARMAS IMPERIAIS

## 1. ESFERA DE TORPEDOS

O tráfico de transmissores de Loronar no auge. Teremos uma constelação de luas de batalha se o Império conseguir lançar esses aqui. Essas plataformas de cerco de quase dois quilômetros são equipadas com centenas de tubos de torpedos de prótons que podem rachar os escudos defletores de qualquer planeta, com tempo e paciência. Ando monitorando fornecedores e já aviso que deveríamos começar a nos preocupar.

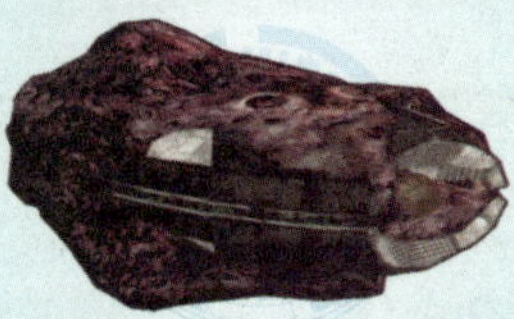

## 2. ENCOURAÇADO ASTEROIDE

Surgiram rumores de uma supernave disfarçada de rocha espacial. Não vou deixar fora da lista, mas devo enfatizar que nossa fonte dentro de Patriim não é de confiança.

## 3. GELO ÔMEGA

Na minha opinião de especialista, general, o famigerado raio congelante interestelar é pura desinformação.

## 4. GERADOR DE MASSA SOMBRIA

Apenas uma lenda? Talvez. Porém, um gerador capaz de existir simultaneamente no hiperespaço e no espaço real seria uma péssima notícia. Felizmente, nada indica que o Império tenha feito alguma descoberta nesse sentido.

FIM DO DOCUMENTO

**MON MOTHMA PARA AIREN CRACKEN**

Conversamos sobre isso em meio às cervejas de ontem. Sei que você não tem todas as respostas, mas preciso de sua melhor estimativa quanto à natureza e o propósito da Iniciativa Tarkin. Eu conheço Tarkin. Não passa de um esqueleto sem coração mantido em pé pela rigidez do uniforme. Airen, o que esse vampiro está armando?

Ah, disse tudo. —Leia

DOCUMENTO CONFIDENCIAL — NÍVEL DE ACESSO:

CRACKEN/MOTHMA PROG300653

INICIATIVA TARKIN
PARA: CMD. MOTHMA
DE: GEN. CRACKEN

EXCLUSIVO À COMANDANTE

Você sabe o quanto me magoa entregar apenas especulações. É a pior coisa que pode pedir de mim, pior ainda do que quando me desafiou a terminar aquele copo de kri'gee.

ELES CONSEGUIRAM UMA GARRAFA DE KRI'GEE? NASCI MESMO CINQUENTA ANOS ATRASADO. -POE

Permita-me começar pela Doutrina Tarkin, que, como você sabe, é uma filosofia política com três pilares: consolidação territorial, controle centralizado de informação, e um estilo de governo baseado no medo. A Iniciativa Tarkin parece ser o modo como Wilhuff Tarkin planeja consolidar esse terceiro ponto.

Já não basta poder convocar a frota estelar da galáxia com apenas uma ligação para o imperador. Ele anseia por um poder unificado sob seu controle. Daí a Iniciativa Tarkin, um grupo de trabalho dentro da divisão de Pesquisa Avançada de Armas. Há muita coisa acontecendo ali. Coisa demais para resumir aqui.

**PONTOS-CHAVE:**

- Tarkin não toca a iniciativa diariamente. Isso acaba ficando a cargo de Orson Krennic (reenviarei o dossiê).
- O Projeto Poder Celestial (ver RI-X3871) faz parte da Iniciativa Tarkin. Talvez seja uma inovação em energia sustentável. O senador Vaspar acha possível, mas eu discordo. Tudo que tem a ver com Tarkin é veneno. Se o Poder Celestial for factível, Tarkin poderia usar essa energia para abastecer uma superarma.

A Doutrina Tarkin continua em vigência na Primeira Ordem, pelo menos a julgar pelo hábito de construir naves de guerra cada vez maiores. -Holdo

DOC #2798689-ALL

**PARA: CMD. MOTHMA**

**DE: GEN. CRACKEN**

**ASS.: DIRETOR IMPERIAL ORSON KRENNIC**

DOCUMENTO OFICIAL

**Orson Krennic**: Atual diretor da divisão de Pesquisa Avançada de Armas da Iniciativa Tarkin, no Departamento de Segurança Imperial. Tem 51 anos-padrão de idade; nascido na cidade de Sativran, em Lexrul. Notavelmente, não tem conexões dentro das famílias políticas e navais mais proeminentes do Império.

*Considerando o papel tão significant que ele teve no desenvolvimento de armas no Império Krennic recebeu pouco crédito nos anais da história. Iss o teria irritado, o que me deixa contente. —Leia*

**Histórico:**

- Identificado como prodígio quando bem novo
- Estudou arquitetura no Programa de Futuros de Brentaal
- Durante as Guerras Clônicas, supervisionou a reconfiguração de espaços municipais de Coruscant em centros de comando militares
- Após a guerra, controlou um posto administrativo no Instituto de Ciência Aplicada de Coruscant, onde avaliava cientistas em busca de experiência em manipulação de energia, ciência de materiais e física teórica
- Tornou-se diretor do Projeto Poder Celestial nos primeiros anos do Império

(continua na p. 2)

CONFIDENCIAL Nº

**GEN. DRAVEN PARA MON MOTHMA**

Está vendo com o que tenho de lidar? Mas são informações, mesmo assim. Weems é talentoso, mas não está habituado à estrutura de comando militar. Espere um acompanhamento mais detalhado sobre esse assunto, caso a Inteligência considere válido.

CONTINUA

## GEN. DRAVEN PARA MON MOTHMA

**PARA: GEN. DRAVEN, INTELIGÊNCIA DA ALIANÇA**
**DE: SD. WEEMS, TÉCNICO DE COLETA DE DADOS**
**ASS.: O QUE SÃO ESSES NOMES?!**

Senhor, sei que me disse para descansar após o expediente de hoje, mas levei o pacote interceptado para o alojamento e executei o algoritmo codificado em todos os meus cortadados. Achei que não fosse terminar até de manhã, mas já consegui algo!

São apenas os cabeçalhos. A cópia mais profunda está atrás de outra camada, e acho que talvez seja irrecuperável, não importa o que façamos, por conta das hipertempestades em Balmorra. Mas, senhor, os cabeçalhos!

- Estratosfera
- Pax Aurora
- Sabre Negro
- Garra de Guerra
- Anel de Ferro
- Aglomerado de Prisma

O que são esses nomes? Campanhas de contrainteligência do Império? Códigos para futuros ataques militares? Projetos de armas confidenciais?

Sei que não é muito com que trabalhar, mas agradeço se puder dar uma olhada. Tenha uma boa noite!!

Interessante. Não vi esse relatório na época. Deveríamos ter sido mais cautelosos e verificado esses dados?
—Leia

FIM

**DOCUMENTO CONFIDENCIAL — NÍVEL DE ACESSO:**

DRAVEN/CRACKEN PROG38906

**RI 467-X1**
**RESUMO DO CHEFE DE INTELIGÊNCIA**
**PARA: GEN. CRACKEN**
**DE: GEN. DRAVEN**

Você já viu os relatórios, então vou focar na legitimidade deles. É coisa séria, Airen. Não posso garantir nada pelo desertor, mas não se trata de uma armadilha do Império ou de Gerrera tentando nos enganar mais uma vez.

CONTINUA

DRAVEN/CRACKEN PROG38906

SEGUEM OS FATOS:

- Há um desertor do Império em Jedha. Alferes Bodhi Rook, piloto cargueiro nascido em Jedha (ver documentação). Recentemente alocado em Eadu. Alega saber de uma arma imperial "destruidora de planetas" e diz que foi enviado pelo Dr. Galen Erso.
- A arma supostamente usa cristais kyber encontrados em Jedha. É parte da rota de Rook, e deve ser por isso que ele desertou lá. Em contrapartida, o piloto nasceu em Jedha, então talvez tenha ligações com a gangue de Gerrera. Ou Galen Erso pode tê-lo mandado encontrar Gerrera. Não sabemos. Precisamos levantar mais dados sobre Erso. E rápido. Tenho uma agente em Vulpter que consegue interceptar os dados das Indústrias Arakyd; contudo, isso comprometeria o disfarce dela, e não poderíamos usá-la mais uma vez. Acho que vale a pena, mas preciso de autorização <u>imediatamente</u>.

SENDO BEM JUSTO, AS INVESTIGAÇÕES
SOBRE GEONOSIS ESTAVAM NOS LEVANDO

Esse era o jogo de Saw.
Não sabíamos quanto devíam
a ele, até que não podíamo
mais pagar. —Leia

FIM DO DOCUMENTO

DOC #2798799-ALL

**PARA: GEN. DRAVEN**
**DE: CMD. MOTHMA**
**ASS.: MISSÃO DE DADOS DE VULPTER**

DOCUMENTO OFICIAL

Aprovado.

## DOCUMENTO CONFIDENCIAL — NÍVEL DE ACESSO

DRAVEN/CRACKEN PROG38991

RI 467-X1

ACHADOS DE VULPTER

PARA: GEN. CRACKEN

DE: GEN. DRAVEN

*O Projeto Poder Celestial, no fim das contas, era mais do que apenas transformação de energia kyber. Os cientistas do projeto estavam tentando conter a quintessência da matéria escura. Não foi necessário para a Estrela da Morte, mas é uma linha de pesquisa perigosa, ainda assim. –Statura*

A missão deu resultados. O Dr. Erso trabalha para Krennic, especificamente no Projeto Poder Celestial. Ele se juntou à divisão B'ankora anos antes, para ajudar Krennic a resolver a sequência de transformação de energia do cristal kyber. O cara é peixe grande.

Com base em um visto residencial de Coruscant, sabemos que Galen Erso tem esposa (Lyra) e uma filha (Jyn). Não encontramos nada sobre o paradeiro de Lyra, mas, segundo um relatório antigo do submundo de Commenor, uma "Jyn Erso" andava com a resistência uma década atrás.

Primeira surpresa? Na época, ela tinha somente 12 anos. Segunda surpresa? Integrava os Partidários de Saw Gerrera.

Estamos procurando nos arquivos para saber mais sobre Jyn Erso, mas os dados acerca do Dr. Galen Erso parecem reunir várias investigações diferentes: Projeto Poder Celestial, a Iniciativa Tarkin, a pesquisa de kyber de Dodonna e nossa especulação sobre uma superarma.

Precisamos encontrar Galen Erso e descobrir o que ele sabe. Odeio dizer isto, mas provavelmente teremos que ser bonzinhos com Saw Gerrera.

*NOS MEUS VINTE E POUCOS ANOS. NÃO ME LEMBRO DE JYN ERSO. GERRERA DEVIA PROTEGÊ-LA MUITO BEM, IMAGINO. – EMATT*

### MON MOTHMA PARA GENERAIS CRACKEN E DRAVEN

Senhores, supondo que o desertor já deva ter revelado tudo o que sabe para Saw Gerrera, creio que não possamos descobrir mais nada dele.

Não, Gerrera não vai partilhar o que sabe conosco, não importa com quanta doçura peçamos. Quem mais ainda temos no acampamento dele?

*Talvez eu tivesse tomado a mesma decisão. A essa altura, as águas já estavam envenenadas. – Leia*

**GENERAL DRAVEN** PARA **COMANDANTE MOTHMA** E **GENERAL CRACKEN**

Não há ninguém em quem possamos confiar. Não desde que Gerrera expulsou os ex-Frosthawks.

**DOCUMENTO CONFIDENCIAL — NÍVEL DE ACESSO:**

CRACKEN/MOTHMA PROG40062

**RI 553-B1**
**INFORMAÇÕES DE CAP. ANDOR**
**PARA: CMD. MOTHMA**
**DE: GEN. CRACKEN**

Comandante, o capitão Cassian Andor retornou de uma missão para verificar os fatos da situação Jedha. Seus contatos no Anel de Kafrene confirmaram que o Império vem traficando cristais kyber, a maioria enviada clandestinamente em comboios civis para não revelar a magnitude do que estão construindo.

(expandir para conteúdo completo)

**HENDRI UNDERHOLT**

Comandante, a senhora me pediu para coordenar os relatórios de inteligência. Espero que não se incomode de eu ter dado um passo além.

**HENDRI UNDERHOLT**

Com a ajuda de um amigo da Inteligência, fiz o relatório anexado após rastrear os movimentos do diretor Krennic e a frequência das comunicações dele com o Destróier Estelar Executrix, de Tarkin, bem como com Eriadu, o planeta-natal do grande moff. Favor verificar anexo YN-13.

**MON MOTHMA**

Como sempre, Hendri, fico impressionada com a sua disposição. No entanto, peço que, no futuro, iniciativas similares passem por mim. Como minha assessora, você pode exercer a minha autoridade, mas lembre-se de que, por si só, você não a possui.

**MON MOTHMA**

Digo isso não para censurá-la, mas para protegê-la. A política é um exercício tóxico. Ainda que todos nós lutemos por uma causa correta, nem todos na Aliança são seus amigos.

*Construir uma aliança é algo a ser feito continuamente, sem receber qualquer reconhecimento. Até mesmo o Senado da Nova República logo se dividiu em populistas e centristas. —Leia*

DOC #3820035-ALL

**PARA: MON MOTHMA, COMANDANTE DA ALIANÇA**
**DE: GENERAL DODONNA, COMANDO DE SETOR**
**ASS.: CRISTAIS KYBER**

**DOCUMENTO OFICIAL**

Como você sabe, tenho trabalhado para mapear as linhas de fornecimento de kyber. Agora que o capitão Andor confirmou que Kafrene é um centro de distribuição, continuo confiante de que exista uma área nas Regiões Desconhecidas onde a arma que incorpora esses cristais está sendo construída. Minhas recomendações anteriores sobre focos de montagem — Horuz e Patriim — não devem ser descartadas; apenas menos enfatizadas.

Se um único cristal kyber pode abastecer um sabre de luz, centenas de milhares poderiam compor a espinha dorsal de uma arma inimaginavelmente poderosa. O fator crítico é o tamanho.

ASS. ARMA ENERGIZADA POR CRISTAL KYBER

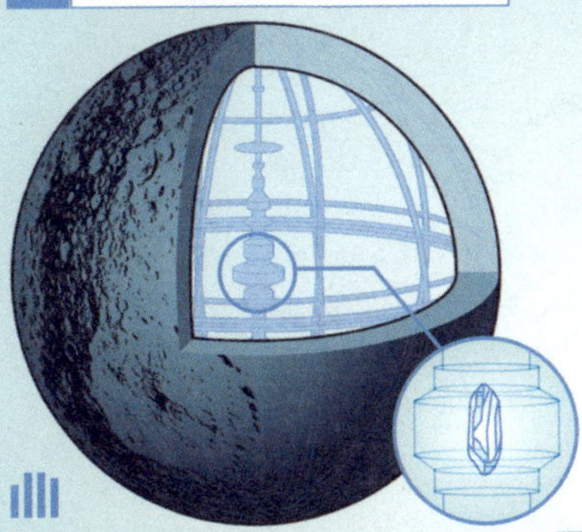

Cristais kyber são inertes enquanto não energizados, mas um reator capaz de estimular vários de uma só vez precisaria ser exponencialmente maior do que qualquer coisa que mova nossas maiores naves de comando. Seria preciso esvaziar uma lua para abrigá-lo.

Incluí esquemas criados pela minha equipe relacionados a cristalografia quântica e deslocamento hiperespacial.

*Relevante. Ainda não sabemos em que escala a Primeira Ordem já estava espalhada pelas Regiões Desconhecidas. Poderiam estar usando a antiga infraestrutura do Império. – Haldo*

*A INTELIGÊNCIA VERIFICARÁ. – EMATT*

*ESQUADRÕES DE X-WINGS TÊM FEITO RECONHECIMENTO. -POE*

## MON MOTHMA PARA GENERAL CRACKEN

Desde que o Conselho Rebelde ficou sabendo da situação em Jedha, não houve um minuto sequer em que alguém não tenha ficado tagarelando no meu ouvido. O senador Jebel acha que é um truque. Hostis Ij tem certeza de que Lorde Darth Vader vai aparecer na nossa porta a qualquer momento, brandindo um sabre de luz.

*Concordo com o almirante Haldo. Estamos vendo só a superfície. A profundeza é vasta. Almirante Ackbar*

*Tenho essa sensação todo dia. Quando você se torna um líder, existe a tentação de forçar todos a pensar do mesmo jeito que você. Isso faria do trabalho algo muito menos exaustivo. – Leia*

ATA DA REUNIÃO: BASE UM
CONVIDADOS: CONSELHO REBELDE
ASS.: SUPERARMA IMPERIAL

MON MOTHMA: Vocês todos leram o relatório que resume a estimativa mais provável da Inteligência sobre a natureza dessa superarma imperial, bem como sua fonte de energia e mecanismo de foco. Eu reuni...

SENADOR VASPAR: Na verdade, eu ainda não li. Sem dúvida recebi, mas, quando chegou, eu estava bem no meio de...

MON MOTHMA: Senador, se não se importa, vamos prosseguir, e você nos acompanha assim que puder. General Draven?

GENERAL DRAVEN: Obrigado, comandante. O desertor do Império em Jedha a chama de "destruidora de planetas". Quão literalmente devemos interpretar? O...

GENERAL DODONNA: Uma interpretação dessas é possível, general Draven. É matemática. Se você gera energia suficiente e a concentra num grande raio, o disparo destrutivo pode ser calculado numa escala...

SENADOR JEBEL: É um truque imperial, comandante. Estamos desperdiçando nosso tempo, procurando fantasmas.

SENADORA PAMLO: Discordo do senador Jebel. Acredito que a ameaça seja real, mas também sei que teremos muito mais resultados se controlarmos a mensagem. Vamos espalhar a notícia desse horror por todas as redes de notícias que nos apoiam antes que o Império possa reverter a história ao próprio favor.

GENERAL ONORAN: Seria o mesmo que entregar nossa maior vantagem. Neste momento, o Império não sabe que já estamos cientes da arma. Por que anunciar?

SENADOR JEBEL: Nada disso importa. Estamos discutindo sobre fantasias. O Império está nos fazendo correr atrás de nosso próprio rabo.

GENERAL DRAVEN: E se você estiver errado, senador? Suponhamos que a ameaça seja real. Não temos contra-ataque. A Aliança seria exterminada num piscar de olhos.

MON MOTHMA: Um por vez, conselheiros. Obrigada. Agora, por favor, voltem sua atenção para o holograma.

(ver p. 2)

DOCUMENTO CONFIDENCIAL — NÍVEL DE ACESSO:

DELTO/DRAVEN PROG40108

**RI 333-A5**

**GEONOSIS/ARMA DEFINITIVA**

**PARA: GEN. DRAVEN**

**DE: CEL. DELTO**

General:

Acredite ou não, Geonosis pode voltar a ser relevante. Se parece que estou de brincadeira, é só porque você sabe quantas vezes buscamos uma conexão com Geonosis apenas para não dar em nada. Porém, pense nisto . . .

**Fato:** Sabemos que os Geonosianos trabalharam para os Separatistas durante as Guerras Clônicas e desenharam um projeto explicitamente rotulado de “Arma Definitiva” (segundo documentação interceptada).

**Fato:** Módulos de construção abandonados, grandes o bastante para a construção de uma grande arma espacial, ainda orbitam Geonosis. Se o Império estava construindo algo lá, já tirou faz muito tempo.

**Fato:** O Império esterilizou Geonosis com gás venenoso — como verificado pela missão Fênix alguns anos atrás —, exterminando aos milhões os engenheiros das colmeias. Quase como se quisesse acobertar alguma coisa.

Não, não estou falando nada de inédito aqui, mas as novas revelações sobre os cristais kyber me forçaram a olhar uma segunda vez para esses dados. As colmeias de Geonosis baseavam-se em pesquisas cristalinas próprias, importando cristais magmáticos às toneladas. Chegaram a terceirizar uma divisão — codinome Hammertong — para uma instalação no planeta cristalino Mygeeto.

Embora boa parte dos dados acerca de Geonosis tenha mais de vinte anos, estou convencido de que têm certa relevância para o mistério com o qual lidamos agora.

NOTA: PESQUISAR HAMMERTONG. QUANTO MAIS CRESCEM OS RUMORES SOBRE UMA SUPERARMA DA PRIMEIRA ORDEM, MAIS FICO CONVENCIDO DE QUE HÁ ALGO DE VERDADE NELES. - EMATT

## GENERAL DODONNA PARA COMANDANTE MOTHMA

Comandante, tendo a última das estações de comunicação sido montada no setor de Operações (ainda não instalada, mas até amanhã, sem dúvida), fico feliz de anunciar que finalmente nos mudamos.

Bem-vinda à nova Base Um. Vamos torcer para que Yavin 4 seja nossa casa por mais tempo que foi Dantooine.

*Mas que calor! Ao menos o clima de Dantooine era tolerável, nos dias bons. —Leia*

*QUENTE, UM SUADOURO. E ESSES INSETOS... - EMATT*

RECONHECIMENTO

# YAVIN 4

**SETOR:** Extensão Gordiana

**REGIÃO:** Territórios da Orla Exterior

**CAMADA ORBITAL:** 4 de 26

**DIÂMETRO:** 10.200 km

**BIOMA:** Floresta

**HIPER-ROTA PRINCIPAL:** Via Hydiana

**HIPER-ROTAS:** Aguilhão Pinoorano, Curva da Junção-Tierrel, Passagem de Yavin

**MASSA CONTINENTAL A:** Starloft

**MASSA CONTINENTAL B:** Weytin

Complexo de ruínas Massassi

Grande Templo/Quartel-general da Base Um

Esquadrões Dourado, Azul, Verde e Vermelho a operar pela Gordiana maior

**NOTA:** Detalhes das camadas orbitais do gigante gasoso não foram registrados nas tabelas imperiais da Guilda Nav, edição 5570.A6. – preparado por Ten. Dr'uun Unnh

# BASE UM

YAVIN 4

**NÍVEL 1:** DEQUE DO HANGAR, GERADORES DE FUSÃO, ARSENAL, DEQUE MÉDICO, OFICINA DE MÁQUINAS

**NÍVEL 2:** SALA DE GUERRA, ARMAZÉNS, OFICINAS TÉCNICAS, REPARO DE DROIDES, ALOJAMENTOS, COMISSÁRIOS, CONJUNTO DE SENSORES

**NÍVEL 3:** CENTRO DE COMANDO, QUARTÉIS DOS OFICIAIS, ESTAÇÃO DE SEGURANÇA, LABORATÓRIOS DE ANÁLISE, ALA DE RECUPERAÇÃO, COMUNICAÇÕES

**NÍVEL 4:** CÂMARA DE AUDIÊNCIA/ESTOQUE

DOC #3822235-ALL

PARA: MON MOTHMA, COMANDANTE DA ALIANÇA

DE: GEN. DODONNA, COMANDO DE SETOR

ASS.: AGENDA DE PATRULHA DE X-WINGS

DOCUMENTO OFICIAL

Para aprovação. Agenda de patrulha de voo organizada pelo cel. Cor.

**ROTA:**

De Yavin aos Retransmissores do Traço Gordiano (em direção ao núcleo, em volta do núcleo, de volta à orla).

**MISSÃO:**

Executar sobrevoo pelo espaço contíguo. Após verificação visual e instrumental, executar aproximação para baixar registros do retransmissor passivo.

NÃO PERCEBERAM QUE OS T-65 NÃO PODIAM SE CONECTAR DE LONGE? PARECE MUITO PERIGOSO. O PILOTO FICA VULNERÁVEL A DETECÇÃ[O] E EMBOSCADAS. NÃO É DE SE SURPREENDER QUE ERAM ENVIADOS AOS PARES. -POE

**TURNO CICLO 1:**

Líder Vermelho (Cmd. Garven Dreis) e Vermelho Onze (Maj. Ralo Surrel)

**TURNO CICLO 2:**

Vermelho Sete (Cdt. Harb Binli) e Vermelho Cinco (Cdt. Pedrin Gaul), acompanhados por Vermelho Nove (Ten. Nozzo Naytaan)

**TURNO CICLO 3:**

Verde Quatro (Ten. Attico Wred) e Verde Doze (Ten. Wion Dillems)

DOC #3854446-ALL

PARA: MON MOTHMA, COMANDANTE DA ALIANÇA

DE: GEN. MERRICK, COMANDO DE CAÇAS ESTELARES

ASS.: QUANDO DEVEMOS USAR O U-WING?

DOCUMENTO OFICIAL

Comandante, graças ao senador Organa, logo teremos U-Wings suficientes para preencher um esquadrão ou dois da Base Um. Acho que é um bom momento para avaliarmos o papel da nave dentro do Comando de Caças Estelares.

Nunca tivemos tantos assim, isso eu garanto. Depois de Scarif, ficaram ainda mais escassos. Almirante Ackbar

CONTINUA

Com a aprovação do Gen. Dodonna e do Cel. Cor, e com a opinião dos pilotos que têm mais tempo de voo com o U-Wing, preparei as seguintes recomendações.

**FUNÇÃO:** Multipropósito. Até o momento, a Aliança empregou o U-Wing como:

- transporte de tropas (em Mantooine)
- aeronave de combate (apoiando a extração no sistema Tocan)
- carregador de estação médica (durante a fuga de Gaulus)
- como escolta VIP e de carga (entre Mon Cala e Telaris e outros pontos em direção ao núcleo)

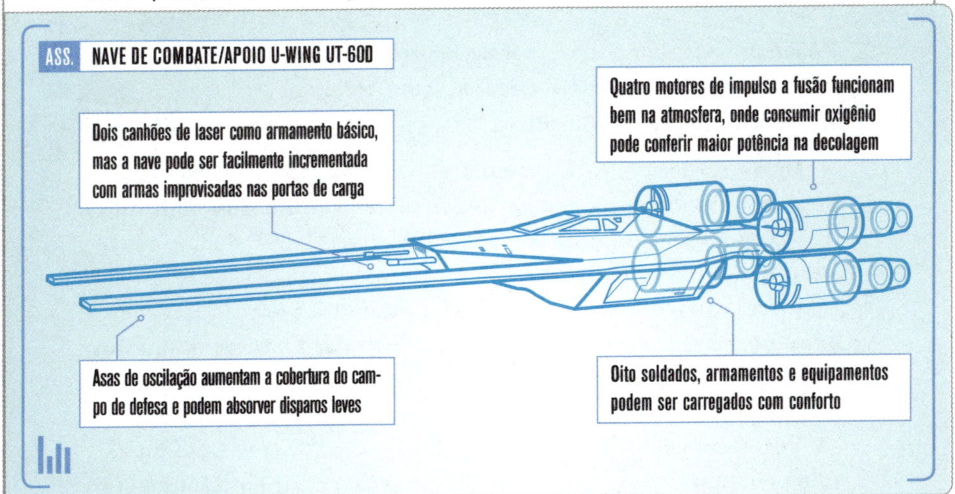


**RECOMENDAÇÃO:** As primeiras três funções são viáveis. A quarta é redundante. Deveríamos tirar o U-Wing da função de escolta, de qualquer missão na qual o combate entre aeronaves seja provável devido ao amplo raio de giro e à aceleração lenta. Essa função deveria ser responsabilidade de X-Wings e A-Wings. Y-Wings são menos adequados, mas, para combate, ainda são uma opção melhor do que o U-Wing.

O general Onoran diz que os Desbravadores gostam muito desse modelo. Agora que estão acomodados em nosso novo QG, deveríamos considerar alocar futuros U-Wings tanto para o Comando de Caças Estelares como para as Forças Especiais.

**FIM DO DOCUMENTO**

BOA AVALIAÇÃO, MAS É SOBRE ANTOC MERRICK QUE ESTAMOS FALANDO. O CARA DEVE SER O MELHOR PILOTO QUE JÁ EXISTIU. -POE

## BAIL ORGANA PARA MON MOTHMA, GENERAL CRACKEN

Como podem ver, tenho tentado despistar o Império. Quando eles encontrarem esses mesmos U-Wings em combate, porém...

Apreciarei qualquer ajuda que a Inteligência Rebelde puder oferecer para encobrir a ligação de Alderaan com as cargas desaparecidas.

*As atitudes do meu pai não passaram despercebidas, embora o Senado tenha fornecido certa proteção diplomática do DSI. —Leia*

*Se me permite, parecia mais fácil roub de um governo hostil, na época, do q pedir algo para um amigável, hoje. —Holdo*

**PARA:** Investigador-chefe Axvering, Departamento de Segurança Imperial
**DE:** Senador Imperial Bail Organa, setor Alderaan
**ASS.:** Carregamento UT-60D

*Infelizmente, concordo. —Leia*

Investigador Axvering, embora eu tenha o mais profundo respeito por seu trabalho, me pergunto se meus inúmeros comunicados sobre a carga desaparecida de U-Wings UT-60D de fato representam um uso adequado de tempo da sua parte.

Como afirmei em resposta à sua primeira pergunta, o carregamento partiu, como planejado, de Aldraig, no setor Alderaan. Parece-me, também, que não existe registro da chegada do carregamento em Coruscant.

Você tem certeza de que a confusão não foi feita pela autoridade portuária de Coruscant? Talvez o carregamento tenha sido meramente registrado no lugar errado.

Identifiquei que um funcionário em Aldraig traçou por engano uma rota para o carregamento por Baylagon, mas uma escala extra quase não representa um inconveniente para um piloto competente.

Não obstante, peço desculpas mais uma vez pelo erro na rota. A Casa Real de Alderaan está preparada para recompensar o Império pelo gasto de combustível adicional.

Atenciosamente,
Senador Bail Organa

## SENADOR VASPAR PARA COMANDANTE MOTHMA

Mon Mothma, um membro da minha guarda pessoal partilhou esses esboços feitos por um cabo Mefran, das Forças Especiais. Eles retratam seres perigosos que espreitam as florestas desta lua. O fato de esse perigo ter sido ocultado de nós é realmente alarmante. Exijo saber quais atitudes você está tomando para garantir a segurança de todos nesta base.

NÃO ERA VASPAR QUE FICAVA O TEMPO TODO PEDINDO UM CAMPO DE FORÇA PESSOAL?
- EMATT

Era o Vaspar, sim.
—Leia

*Encontrei um bando destes quadrúpedes zanzando em torno do perímetro leste. A mãe do bando é três vezes maior que os outros. Suspeito que possam lançar esses espinhos nos inimigos, mas não quis testar a teoria.*

*Uma espécie de anfíbio no qual eu quase pisei. Quase 3 metros de comprimento, contando a calda. Parcialmente enterrado na lama, sem dentes, e a pele solta uma geleia transparente.*

1

2

CONTINUA

## SENADOR VASPAR PARA COMANDANTE MOTHMA

*Voador de quatro asas (quase do meu tamanho) com um bico envergado de dar medo. Saiu voando quando me aproximei, mas, ao abrir as asas, a coloração irradiou, passando num instante de um azul-escuro para laranja brilhante.*

*Cada uma dessas criaturas de casco brilhante era mais ou menos do tamanho do meu punho. Já fizeram um dano superficial na base da nossa torre de vigilância, perto da lagoa sul. Nada sério, mas deveríamos ficar de olho.*

2

FIM

**COMANDANTE MOTHMA PARA SENADOR VASPAR**

Senador, o senhor está em um perímetro de segurança e cercado por centenas de guerreiros treinados. Tenho certeza de que concordará que, no momento, controle preventivo de animais tem menos prioridade do que nossa luta contra o Império.

Obrigado por partilhar os desenhos, ainda assim. A mãe do bando é o meu favorito.

**HENDRI UNDERHOLT**

Mon Mothma, tenho tentado organizar sua agenda desde que chegamos a Yavin 4, para que você não tenha de lidar com essas demandas infinitas. Agora estou preocupada de tê-la deixado por fora das coisas. O senador Vaspar fica me dizendo que precisa falar com você, mencionando diversos projetos e pessoas importantes que eu não conheço. Peço desculpas desde já se não lidei direito com a questão.

**MON MOTHMA**

Existe uma arma poderosa, temida por burocratas e valentões em todo canto. Essa arma é o "não". Hendri, confio em você. Pode falar em meu nome. Se algo for mesmo importante, ficarei sabendo.

E, embora você possa responder "Você não pode ver a comandante neste momento", eu gosto bastante de "não". É honesto e direto. Use bastante.

*Muito mais importante que relações políticas, muito mais útil que treinamento de combate. Esse ponto de vista diz tudo.*

*— Leia*

**GENERAL DRAVEN PARA COMANDANTE MOTHMA**

Achei que você ia querer ver isto, já que foi esta unidade a que encontrou os droides pertencentes ao piloto do senador Organa. O senador não é do tipo que reclama, mas outros na base estão começando a fazê-lo.

**GRUPO DE DROIDES: MANUTENÇÃO DE UNIDADES**

**TÉCNICO: HARISHA GULAN**

**UNIDADE: K-2SO**

**FABRICANTE: INDÚSTRIAS ARAKYD**

**HISTÓRICO:**

Esse droide de segurança da série KX foi reformatado sob a direção do capitão Cassian Andor, da Inteligência Rebelde.

**FIM**

A reformulação sobrepujou os inibidores vindos de fábrica. O droide vem demonstrando comportamento instável e antissocial.

**ASS.** **DROIDE DE SEGURANÇA KX**

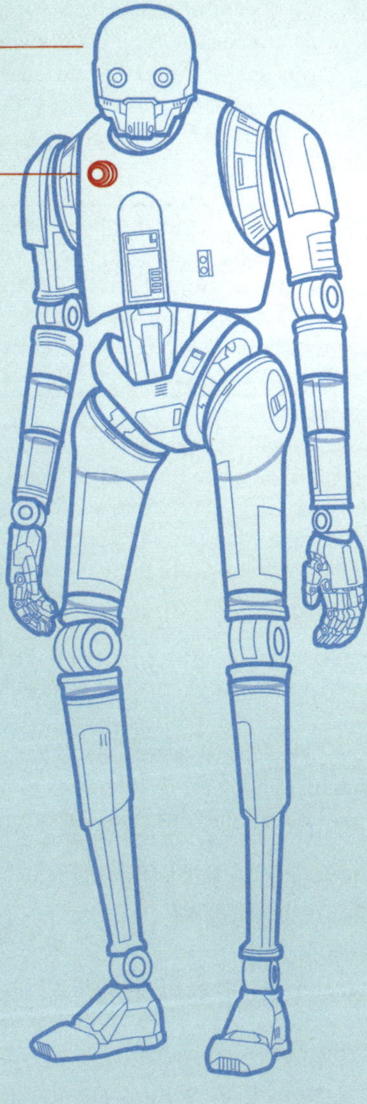

**CORREÇÕES RECOMENDADAS**

- Instalar pacote de hardware H2X-537
- Instalar matriz de parâmetros comportamentais PELQ330
- Reinstalar pacote de módulo lógico Arakyd KX
- Instalar parafuso de contenção Classe 5 no droide quando alocado na Base Um

**CORREÇÕES FINALIZADAS**

Nenhuma. O capitão Andor vetou todas acima.

**FIM**

DOC #4115325-ALL

**PARA: INTELIGÊNCIA DA ALIANÇA: CRACKEN, DRAVEN**
**DE: MON MOTHMA**
**ASS.: PISTAS DA CONSTRUÇÃO DA SUPERARMA**

DOCUMENTO OFICIAL

Generais, se a superarma do Império possui uma fonte de energia de magnitude próxima à que vocês estão especulando, o reator e a superestrutura à sua volta serão definitivamente gigantescos. Qualquer projeto dessa escala deixará rastros.

Começando imediatamente, favor fornecer relatórios regulares sobre:

- **Linhas de abastecimento.** aço-lâmina, quadânio, ródio etc. O Império precisa de vastas quantias de recursos raros, todos rastreáveis. As linhas de abastecimento estão por aí, não importa quantas escalas eles tenham inserido no meio.
- **Recrutamento de talentos.** Trabalhadores comuns (tanto orgânicos quanto droides) quase não farão diferença em números. Trabalhadores treinados e especialistas são requisitados em quantidades muito menores, mas seus familiares e colegas devem saber algo sobre suas funções confidenciais.
- **Áreas de construção orbitais.** Ainda que tenhamos riscado um sistema de nossa lista, o que isso nos informa? Por que o Império abandonou Geonosis?

*Muito similar à abordagem que devemos empregar na busca de pistas da superarma da Primeira Ordem. -Statura*

*As Regiões Desconhecidas são vastas. -EMATT*

*Então é assim que vamos afunilando. Não podemos esperar a Primeira Ordem dar o pontapé inicial. -Statura*

DOC #42355335-ALL

**PARA: CMD. MOTHMA**
**DE: GEN. CRACKEN**
**ASS.: DUAS NOVAS PISTAS (ESPECULAÇÕES)**

DOCUMENTO OFICIAL

Repassando as últimas informações de Maj. Harinar e Cel. Delto. Permiti que suas equipes operassem com total independência para teorizar a configuração mais provável que uma superarma kyber teria. Como você verá, eles chegaram a conclusões muito diferentes.

CONTINUA

DOC #4235335-ALL

DOC 0321847

## HARINAR PARA CRACKEN: OPERAÇÃO CINZAS

Estudamos uma transmissão imperial interceptada sobre a Operação Cinzas e juntamos evidências suficientes para indicar que é algum tipo de equipamento de perturbação climática. Se níveis de eficiência energética similares aos do Projeto Poder Celestial fossem aplicados num aparelho desses, seria um satélite capaz de acionar ondas de calor planetárias e ferver oceanos inteiros. Literalmente um destruidor de planetas.

*Foi usado para destruição póstuma, niilista, por Palpatine. Ele mirou Commenor, Candovant, Vardos e outros sistemas, incluindo o próprio planeta-natal, Naboo. Eu não teria impedido isso sem a tenente Bey. —Leia*

EU SABIA QUE A MINH
MÃE TINHA SIDO UMA
PILOTO E TANTO, MAS UA
-POE

DOC 0322357

## DELTO PARA CRACKEN: ROMPEDOR DE CERCO

Talvez eu não tenha a mesma predileção do Império para catástrofes. Só não entra na minha cabeça que é preciso um reator do tamanho de uma lua para abastecer um canhão de cristais kyber. Um sabre de luz Jedi, afinal, podia atravessar quase qualquer material, mesmo cabendo confortavelmente dentro de uma sacola.

Se o Império deixasse o drama de lado, poderia fabricar mil pequenos canhões pelo custo de um único "destruidor de planetas". Canhões portáteis capazes de estilhaçar montanhas e rachar até os mais fortes campos de força.

TALVEZ SEJA ISSO QUE A PRIMEIRA ORDEM ESTEJA TRAMANDO. SERIA UM RISCO MAIS FÁCIL DE CONTER. - EMATT

FIM DO DOCUMENTO

ATA DA REUNIÃO: BASE UM
CONVIDADOS: CONSELHO REBELDE
ASS.: OPERAÇÃO FRATURA

MON MOTHMA: O objetivo é extrair o Dr. Galen Erso do Império ou obter os detalhes de sua pesquisa acerca do destruidor de planetas imperial.

SENADORA PAMLO: Se a extração for bem-sucedida, o senador Organa e eu levaremos o Dr. Erso para testemunhar perante o Senado sobre os crimes do Império.

GENERAL DRAVEN: Deixe-me lembrar ao Conselho que o Dr. Erso é um colaborador do Império. A recuperação é o resultado ideal, mas talvez seja necessário eliminá-lo para privá-los de sua experiência. Se ainda não tiverem completado a arma primária...

SENADORA PAMLO: Não somos assassinos, general.

DOCUMENTO OFICIAL

GENERAL DRAVEN: Somos soldados, senadora.

MON MOTHMA: Aqui não é o lugar para esse tipo de debate. Recuperar o Dr. Erso ou suas informações é o propósito da Operação Fratura. General Draven, por favor, explique seu plano.

GENERAL DRAVEN: Nós localizamos a filha do Dr. Erso, Jyn Erso, num campo de trabalho imperial no sistema Wobani. Acreditamos que ela tenha servido junto dos Partidários de Saw Gerrera há cerca de...

SENADOR JEBEL: Pode parar aí. Não devemos querer nada que tenha a ver com os Partidários de Gerrera.

MON MOTHMA: Ninguém tem mais ciência dos crimes de Saw do que eu, senador. Contudo, se esse desertor imperial está dentro do acampamento de Gerrera em Jedha, então Jyn Erso pode ser nossa enviada para tratar com os opositores.

SENADOR VASPAR: E por que ela iria cooperar conosco?

MON MOTHMA: Para livrar-se da prisão, só para começar. Pensaremos em mais garantias, se for necessário. General Draven, agora sim, pode delinear a operação em Wobani.

(ver p. 2)

CONFIRMADO: É JYN ERSO. ELA JÁ USOU AS IDENTIDADES DE LYRA FALLIK, KESTREL DAWN, TANITH PONTA E NARI MCVEE.
— CAP. ANDOR

**NÚCLEO DE DADOS DA LEI IMPERIAL**
**ARQUIVO DE INTERNO DE PRISÃO**
**COLÔNIA DE TRABALHOS FORÇADOS DE WOBANI**

**NOME:** Hallik, Liana

**IDADE:** 22 anos-padrão (estimada)

**ESPÉCIE:** Humana

**ALTURA:** 1,60 metro

**LOCAL DE PRISÃO:** Corulag

DRAVEN/MOTHMA PROG40099

**DOCUMENTO CONFIDENCIAL — NÍVEL DE ACESSO:**

**RI 098-X5**

**ATUALIZAÇÃO DE INTELIGÊNCIA: EXTRAÇÃO EM WOBANI, EQUIPE BRAVO**

**PARA: CMD. MOTHMA**

**DE: GEN. DRAVEN**

Comandante, segue o plano do sargento Melshi para extrair Jyn Erso de Wobani. Melshi reuniu uma equipe de ataque composta de nossos melhores lutadores das Forças Especiais, sob o nome de Equipe Bravo. Sob recomendação do capitão Andor, vai levar também o droide.

**MISSÃO:** Extração de "Liana Hallik"
**ALVO:** Campo de trabalhos forçados imperial e colônia penal, Wobani
**ORGANIZADO POR:** Sgt. Ruescott Melshi, Forças Especiais

**Fase 1:** Inserção atmosférica e evasão de sensores; pouso do U-Wing nas coordenadas 34.2127, 122.3808

**Fase 2:** Esquadrão desembarca e procede clandestinamente para Ponto de Emboscada A

**Fase 3:** Impedir transporte da prisioneira da prisão para o local de trabalho

**Fase 4:** Ver diagrama

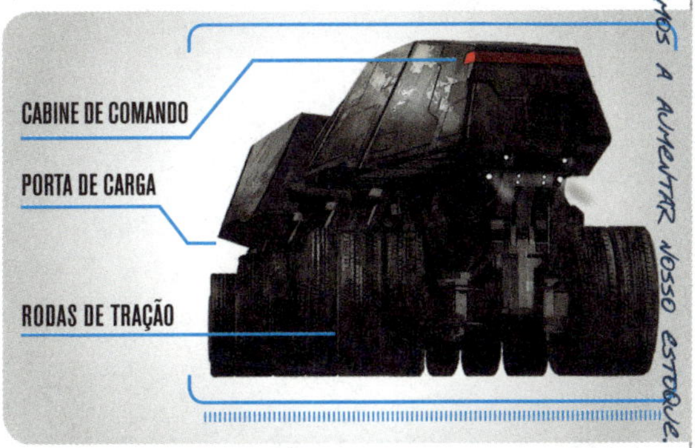


*Como eu disse muitas vezes, não temos os veículos de solo necessários para levar a batalha até a Primeira Ordem durante ataques planetários. Essa missão poderia servir como exemplo para começarmos a aumentar nosso estoque. – EMATT*

**HENDRI UNDERHOLT**

Comandante, acabei de voltar do quarto em que Jyn Erso está presa. Ela continua acorrentada. É assim que tratamos nossos recrutas? Por que ela confiaria em nós?

**MON MOTHMA**

Levarei isso em consideração, Hendri.

**HENDRI UNDERHOLT**

Obrigada, comandante. A Aliança deveria representar uma opção melhor de futuro.

**RI 544-X2**

**ATUALIZAÇÃO DE INTELIGÊNCIA: EQUIPE DE ATAQUE (RESPOSTA RÁPIDA)**

**PARA: CMD. MOTHMA**

**DE: GEN. DRAVEN**

Comandante, se Jyn Erso não puder fazer o serviço, precisamos pensar num plano para entrar na fortaleza de Saw Gerrera, nas catacumbas de Jedha.

A maior parte dessas biografias você já viu. É preciso coragem (ou tolice) legítima para encarar uma situação com pouca chance de sucesso, mas aqueles que possuem autoconsciência têm mais chances de continuar vivos após o primeiro minuto.

Recomendo começarmos com estes soldados e construir um esquadrão maior em torno deles.

**Cabo Pao**
**Comando**

**Cabo Timker**
**Fortificações**

**Cabo Stordan Tonc**
**Infantaria**

**Cabo Mefran**
**Campo aberto**

**Cabo Casrich**
**Comando**

**Cabo Maddel**
**Batedora urbana**

**Cabo Bistan**
**Artilharia**

**Cabo Rostok**
**Atirador de elite**

**Soldado Basteren**
**Observador**

**Soldado Kapperil**
**Reconhecimento**

**Soldado Calfor**
**Demolições**

DRAVEN ESTAVA INDO BEM. EM SCARIF, NO ENTANTO, ESSES SOLDADOS NÃO FORAM DESIGNADOS. ACABARAM SE VOLUNTARIANDO PARA UMA MISSÃO NÃO AUTORIZADA.
– MATT

EQUIPE DE ATAQUE

DOC #44442035-ALL

PARA: CMD. MOTHMA

DE: GEN. DRAVEN

ASS.: OPERAÇÃO FRATURA ESTÁGIO DOIS

DOCUMENTO OFICIAL

Para aprovação: estágio dois da Operação Fratura.

O capitão Andor acompanhará Jyn Erso até Jedha, para proteger os interesses da Aliança. Andor levará também o droide, que pode ser útil caso Erso tente escapar. Autorizei o uso de um U-Wing para a missão.

Além disso, dei objetivos secundários ao capitão. Jedha representa uma oportunidade de juntar informações sobre a nova equipe de Gerrera e permitirá que observemos a cadeia de suprimento de cristais kyber mais de perto.

COMANDANTE — MENSAGEM RECEBIDA DO CAPITÃO ANDOR, EM JEDHA.

ARMA CONFIRMADA

CIDADE SAGRADA DESTRUÍDA

ALVO DA MISSÃO LOCALIZADO EM EADU

AGUARDANDO INSTRUÇÕES

Perder a Cidade Sagrada parecia inconcebível, até Alderaan. É desencorajador esperar mais de seus inimigos e descobrir que você estava errada. —Leia

DOCUMENTO CONFIDENCIAL — NÍVEL DE ACESSO:

DRAVEN/MERRICK PROG40288

RI 443-B4

INCURSÃO DO ESQUADRÃO AZUL

PARA: GEN. MERRICK

DE: GEN. DRAVEN

**ALVO:** Instalação de pesquisa imperial em Eadu (ver materiais suplementares para coordenadas).

**OBJETIVO:** Ataque-relâmpago. Destruir o acampamento. Derrubar todas as estruturas. Eliminar todos os defensores.

PELO QUE SEI O ESQUADRÃO AZUL CHEGOU LÁ QUASE SEM SABER DE NADA, SEM TER TIDO TEMPO PARA SE PREPARAR. CONSIDERANDO COMO É O CLIMA DE EADU, É INCRÍVEL QUE TENHAM ESCAPADO COM VIDA. -POE

CONTINUA

DRAVEN/MERRICK PROG40288

RECONHECIMENTO

## Eadu

**REGIÃO:** Territórios da Orla Exterior

**DIÂMETRO:** 14.121 km

**ATMOSFERA:** Tempestades (precipitação alta, ventos fortes, descargas elétricas)

**ALVO:** Laboratórios da Iniciativa Tarkin

**DEFESAS DO ALVO:** Turbolasers antiespaçonaves, esquadrão de caças TIE

FIM DO DOCUMENTO

# JORNAL TRINEBULON

*A Verdade, Direto da Fonte*

## CATÁSTROFE DE MINERAÇÃO

**Práticas ilegais terminam em desastre, sobreviventes em choque**

**Jedha** — Um relatório enviado esta manhã para membros do Senado Imperial confirmou a destruição da Cidade Sagrada de Jedha e pôs a culpa do incidente em mineradores clandestinos, segundo as fontes.

Jedha, um dos poucos locais de exploração de cristais kyber da galáxia, há muito tempo atrai mineradores ilegais. Contudo, a maior presença do Império não foi suficiente para conter suas atividades por completo. Ontem, a explosão de um armazém contendo megonite e barádio assolou a Cidade Sagrada com mortes estimadas em centenas de milhares.

"Regulamentos existem por um motivo, e não há exemplo mais claro do que isso que acabamos de testemunhar em Jedha", disse o governador Sacritte em nota exclusiva para o *Jornal TriNebulon*.

Muitos acreditaram nessa explicação, na época.
Alguns acreditam até hoje. Após todos esses anos,
ainda não sei como enfrentar a negação.
—Leia

**SENADORA PAMLO PARA COMANDANTE MOTHMA**

Deveríamos ter agido de imediato; agora é tarde demais. Se tivéssemos espalhado para toda a galáxia a existência da superarma do Império, o massacre em Jedha teria sido prova de nossas alegações. Em vez disso, o Império conseguiu enquadrar o ocorrido como um acidente industrial. A verdade agora parece absurda.

Vencer uma guerra não se resume a soldados e espaçonaves. Precisamos começar a controlar a narrativa.

*Eu fiquei contra a senadora Pamlo, na época, por ser jovem e querer arranjar briga. Seria bom ter alguém como Pamlo por perto agora. —Leia*

**HENDRI UNDERHOLT**

Sei que deve estar frustrada com o modo como a reunião do Conselho acabou em nervosismo e gritaria. Eu a admiro por manter a cabeça fria.

**HENDRI UNDERHOLT**

Porém, os intervencionistas têm razão. Deveríamos tentar recuperar o projeto da Estrela da Morte, em Scarif. Acredito em Jyn Erso. Sei que você também.

**DOCUMENTO CONFIDENCIAL — NÍVEL DE ACESSO:**

DRAVEN/MERRICK PROG40315

**RI 443-B4**

**INCURSÃO DO ESQUADRÃO AZUL**

**DE: GENERAL MERRICK**

**PARA: GENERAL DRAVEN**

Segue o que pudemos concluir em Scarif de imediato:

- Mapa da torre da cidadela e áreas no entorno, anotado pela nossa equipe
- Ordem de demanda de um general Ramda sobre as defesas de Scarif (possivelmente datada de muitos meses antes)
- Atividade do portão defletor de Scarif

Poderíamos fornecer mais se houvesse mais tempo, porém...

*A velha queixa de todos... -Statura*

CONTINUA

DRAVEN/MERRICK PROG40315

RECONHECIMENTO

# Scarif

**REGIÃO:** Territórios da Orla Exterior

**DIÂMETRO:** 9.112 km

**SATÉLITES:** Nenhum

**TERRENO:** Cadeias de ilhas vulcânicas

**RECURSOS:** Metais densos usados na construção de espaçonaves

**POPULAÇÃO ESTIMADA:** 475.000

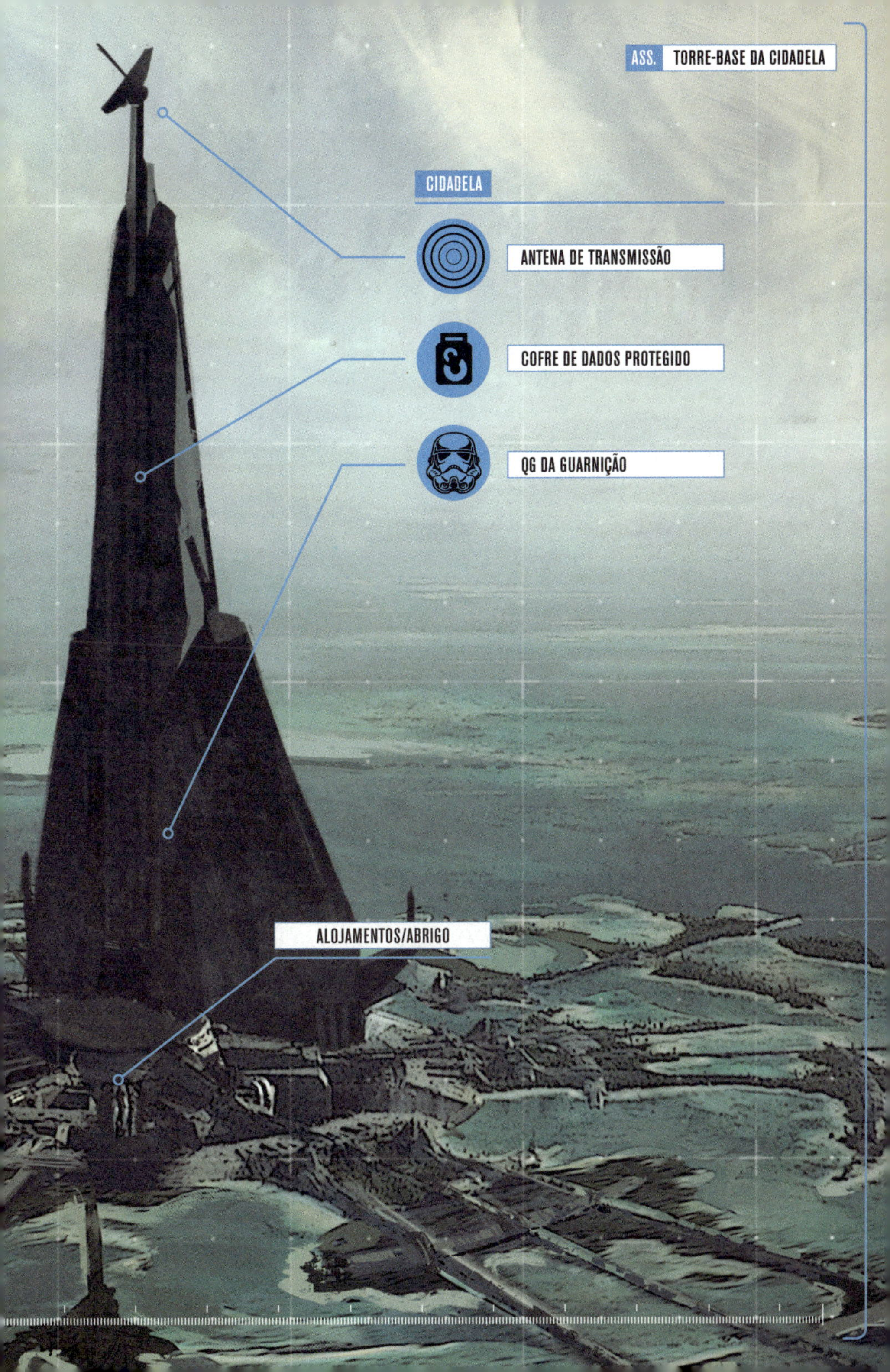
ASS. TORRE-BASE DA CIDADELA
CIDADELA
ANTENA DE TRANSMISSÃO
COFRE DE DADOS PROTEGIDO
QG DA GUARNIÇÃO
ALOJAMENTOS/ABRIGO

NENHUM TIE SE SAI BEM NA ATMOSFERA, A NÃO SER ESSES. O IMPÉRIO DEVERIA TER PRODUZIDO MUITO MAIS, PELO MENOS PARA USAR COMO DESTACAMENTO DE GUARNIÇÕES. -POE

TRANSMISSÃO INTERCEPTADA

De: Gen. Sotorus Ramda
Para: Ten. Berretic
Re: Defesas de Scarif

Reescreva esse pedido usando a formatação oficial e envie pelo Sobressetor até que alguém escute. NÃO PARA TARKIN. Um dos almirantes de setor. Tarkin é próximo do imperador, então precisamos nos apresentar a ele da melhor maneira.

Segue o que estou requisitando:

- Artilheiros TIE (dois esquadrões): Recentemente, emprestamos esses esquadrões para o Inatacável. Eu os quero de volta. Os TIE/sk são ideais para patrulha atmosférica, e nossos pilotos e bombardeiros precisam deles para treinamento de voo.
- AT-ACTs (doze): Necessários para transportar minérios entre minas e refinarias.
- Troopers de defesa costeira (duas companhias): Scarif é um dos únicos mundos no setor que podem receber esses troopers, então não imagino que uso eles possam ter a bordo dos Destróieres Estelares.
- Troopers da morte (dois pelotões): O campo de treinamento precisa de instrutores adicionais. Prefiro veteranos com atualização de corpo v1.01 ou mais recentes.

NÃO TÊM BLINDAGEM PARA COMBATE, APESAR DO ACRÔNIMO. MAIS DO QUE SUFICIENTES CONTRA INFANTARIA, NO ENTANTO. - EMATT

TRANSMISSÃO INTERCEPTADA

PORTÃO DEFLETOR DE SCARIF
GOLAN M3185
ALCANCE: GLOBAL
MAGNITUDE: 50
RIGIDEZ: 50
PADRÃO DE FREQUÊNCIA: CAMADAS SOBREPOSTAS

COMANDO ORBITAL: ALTE. GORIN
COMANDO DE SUPERFÍCIE: GEN. RAMDA

TRÁFEGO DE CARGAS SERÁ PERMITIDO PELOS
PORTÕES DEFLETORES 0600-1100 E 1400-2100
MANTER ÓRBITA CONFORME DIRIGIDA POR CTO DO PORTÃO DEFLETOR
SOMENTE NAVES COM CÓDIGOS DE SEGURANÇA ATIVOS PODERÃO ENTRAR

DOCUMENTO CONFIDENCIAL — NÍVEL DE ACESSO:

RADDUS/MOTHMA PROG40323

RI 038-F1

FROTA REBELDE

PARA: CMD. MOTHMA

DE: ALTE. RADDUS

Comandante, quando ler isto, já estaremos a caminho.

Ainda estou reunindo elementos para a frota, mas, quando chegarmos a Scarif, espero ter sob meu comando:

- o *Profundidade*
- 2 fragatas Nebulon-B
- 3-4 corvetas Martelo
- 2-4 aeronaves de combate Dorneanas
- 5-10 corvetas Corellianas
- 12 transportadores médios
- Cargueiros, aeronaves de combate e equipamento de apoio diversos

Que a Força esteja conosco.

Esse velhaco de olhos misteriosos! E pensar que ele chamava essa frota de armada. Almirante Ackbar

Você comandou diversas naves pequenas em Endor, não foi, almirante? -Statura

Mais de uma espaçonave das grandes, Statura. Mais de uma! Almirante Ackbar

**MON MOTHMA PARA BAIL ORGANA**

Seguindo nossa discussão, Leia levará a *Tantive IV* a Tatooine para resgatar o Mestre Jedi Obi-Wan Kenobi de seu exílio. Com a ameaça real da Estrela da Morte, a opinião do Mestre Kenobi será essencial para o sucesso de nossa insurgência anti-Imperial.

DOC #4832146-ALL

PARA: CMD. MOTHMA

DE: GEN. DRAVEN

ASS.: CONSEQUÊNCIAS DE SCARIF

DOCUMENTO OFICIAL

Perdemos contato com *Tantive IV*. A transmissão inicial da nave

CONTINUA

DOC #48321146-ALL

confirmou a fuga de Scarif com os planos da Estrela da Morte a bordo e deixava claro que pretendiam garantir proteção diplomática da senadora Leia Organa para ultrapassar patrulhas imperiais.

Desde então, interceptamos duas transmissões. A primeira, um alerta subespacial codificado de raio restrito acerca de uma perseguição do Império no sistema Tatooine, e, menos de uma hora depois, um pedido de ajuda transmitido por todos os canais de tráfego do setor alegando danos catastróficos graças à colisão de um asteroide.

Não preciso lhe dizer que essa última transmissão é quase com certeza uma farsa do Império. Por causa disso, podemos presumir que a Tantive IV foi capturada ou destruída.

Estamos fazendo tudo o que podemos para verificar o status da nave, inclusive ativando todos os agentes da Inteligência em Tatooine.

Gostaria de ter notícias melhores.

FIM DO DOCUMENTO

*Sobrevivi como prisioneira, primeiro a bordo do Destróier Estelar de Vader, depois a bordo da Estrel da Morte. Nunca soube o destino dos outros. —Le*

DOC #4992146-ALL

**PARA: CMD. MOTHMA**
**DE: GEN. DODONNA**
**ASS.: IMG DA ESTRELA DA MORTE/NOTÍCIAS**

**DOCUMENTO OFICIAL**

Pouco antes da Batalha em Scarif, um de nossos pilotos Far Needle encontrou a Estrela da Morte perto de um ponto de salto para a Rota Terrabe e captou uma leitura. Nós a combinamos com os dados registrados pelos sensores da nossa frota em Scarif.

Outras notícias são que o Cel. Zavor estabeleceu contato com Ackbar e o restante da frota. Espero um relatório de status em breve.

*Sem recursos, atrasado, equipamento ruim e quase sem capacidade de dar apoio a Raddus e reforçar a frota rebelde. Fico feliz por meu relatório n estar reproduzido aqui, neste arquivo. —Almi*

A FRACA ESPERANÇA DE EXPOR A ESTRELA DA MORTE PERANTE O SENADO E COMEÇAR UMA REFORMA POLÍTICA ESTÁ MORTA. O IMPERADOR PALPATINE O DISSOLVEU, COM EFEITO IMEDIATO.

PAMLO, VASPAR E JEBEL ESTÃO EM PÂNICO, PROCURANDO REFÚGIO NUM MUNDO SEGURO DA ALIANÇA. EMBORA TENHA ENVIADO DIVERSAS MENSAGENS PARA BAIL, NÃO OUVI RESPOSTA ALGUMA DE ALDERAAN.

OS GOVERNADORES NÃO ELEITOS DO IMPERADOR AGORA CONTROLAM OS SETORES DA GALÁXIA. NINGUÉM FALA POR CHANDRILA NEM POR NENHUM OUTRO MUNDO. ALGUMAS POPULAÇÕES ESTÃO EXTREMAMENTE VULNERÁVEIS, PRINCIPALMENTE OS MON CALS, OS SULLUSTANOS, OS DRESSELIANOS. DEVERÍAMOS NOS PLANEJAR PARA RECEBER REFUGIADOS.

*Uma estratégia visionária, que ampliou nossas fileiras nos meses subsequentes. Também trouxe alguns especialistas de que precisávamos muito. —Leia*

POR QUE PALPATINE FARIA ISSO? O SENADO ERA PRATICAMENTE DELE, UMA LEGISLATURA DE FANTOCHES QUE CONFERIA AO GOVERNO A COBERTURA LUSTROSA DE JUSTIÇA. É ASSUSTADOR O FATO DE NÃO NECESSITAR NEM MAIS DA ILUSÃO DO DEBATE.

EU ESTAVA ERRADA. A ESTRELA DA MORTE NÃO É MERA DISSUASÃO. O IMPÉRIO JÁ A USOU DUAS VEZES, EM JEDHA E SCARIF.

A GALÁXIA ENTROU NUMA NOVA E TERRÍVEL REALIDADE NA QUAL A OFERTA DE PALPATINE É SIMPLES: OBEDECER OU MORRER.

**DOCUMENTO CONFIDENCIAL — NÍVEL DE ACESSO:**

CRACKEN/MOTHMA PROG40134

**RI 0065-X5**

**ATUALIZAÇÃO DE INTELIGÊNCIA: DISSOLUÇÃO DO SENADO IMPERIAL**

**PARA: CMD. MOTHMA**

**DE: GEN. CRACKEN**

Comandante, Palpatine acaba de jogar um detonador térmico no coração de nosso aparato de Inteligência.

CONTINUA

CRACKEN/MOTHMA PROG40134

A maioria dos nossos senadores operantes em Coruscant — assessores, embaixadores, até mensageiros — não tem mais poder político algum, não sob esta nova estrutura. Fomos silenciados.

A Inteligência Imperial usará esse evento como desculpa para prender os políticos mais críticos. Logo virão interrogatórios. Onde está o senador Organa?

Anexei uma lista repriorizada de contatos imperiais. Temos de reconstruir nossa rede.

A INTELIGÊNCIA PENETRAR O BRAÇO EXECUTIVO DO IMPÉRIO. TANTOS ROSTOS NOVOS. - EMATT

**FIM DO DOCUMENTO**

DOC #4995660-ALL

**PARA: CMD. MOTHMA**
**DE: GEN. CRACKEN**
**ASS.: TRANSMISSÃO IMPERIAL**

**DOCUMENTO OFICIAL**

O coronel Delto achou algo raro: um comunicado imperial de alta prioridade retransmitido pelo pacote que instalamos no satélite da HoloNet perto de Plympto. Romodi é um general do Exército Imperial, atrelado à equipe de comando da Estrela da Morte e muito apreciado por Palpatine. Tarkin você já conhece.

**DECODIFICAÇÃO DA ALIANÇA V55.4//DELTO//SKIFTER SATÉLITE INTERCEPTADO**

De: Gen. Romodi
Para: Grande Moff Tarkin
Re: Vazamento de dados

As ações em Scarif provaram-se insuficientes. Não podemos desconsiderar, neste momento, que tenhamos sofrido maiores vazamentos da interceptação em Tatooine.

Devemos tomar uma atitude imediata para neutralizar oposição política e militar.

Eu devo ser a única pessoa que viu acontecer. Que testemunhou a cena pessoalmente e teve que conviver com a lembrança. — Leia

**GENERAL CRACKEN PARA COMANDANTE MOTHMA**

Alderaan. Você viu o relatório. Dói o meu coração dizer que é verdade. Não recebemos notícia alguma de Bail Organa nem de sua comitiva. Não temos indicativo algum de que ele tenha sobrevivido à catástrofe. No momento, sem mais novidades quanto à *Tantive IV* ou o projeto da Estrela da Morte.

**SENADORA PAMLO PARA COMANDANTE MOTHMA**

Temos que contar à galáxia. O Império não pode ignorar o fato, e não há como o enquadrarem em benefício próprio. O Senado se foi, mas o povo ainda tem ouvidos! Não é tarde demais para impedir mais massacres.

O sofrimento não tem fim: meu pai, minha mãe, meus amigos, minha cidade, meu mundo. Toda vez que fracasso, fracasso com eles. E vitória nenhuma é boa o bastante para trazê-los de volta. — Leia

**HENDRI UNDERHOLT**

Tenho recebido muitos pedidos de pessoas que querem se reunir com a senhora para falar sobre Alderaan. Fico dizendo que está ocupada em consultas particulares, mas sei que está em seus aposentos. Vejo que não se comunicou com ninguém. Diga-me o que posso fazer para ajudar.

**HENDRI UNDERHOLT**

As pessoas precisam da sua liderança. Devemos recuar ou lutar? Retaliar ou nos esconder? A senhora sabe como é o Conselho. Continuarão escondidos enquanto a senhora não aparecer.

**HENDRI UNDERHOLT**

A senhora não tem comido. Posso trazer alguma coisa do refeitório. Responda, por favor. Precisamos de você.

MOTHMA/REGISTRO DIÁRIO

BAIL ERA MAIS VELHO, TINHA MUITO MAIS EXPERIÊNCIA. EMBORA EU TENHA CRESCIDO NUMA FAMÍLIA POLÍTICA, ELE HERDOU UMA DINASTIA REAL. QUANDO CHEGUEI A CORUSCANT PARA MINHA PRIMEIRA SESSÃO LEGISLATIVA, PROCUREI OS CONSELHOS DE BAIL, CERTA DE QUE PERSONAGEM TÃO DISTINTO POSSUIRIA O CONHECIMENTO DE UM SÁBIO.

CONTINUA

EM VEZ DISSO, ELE ME DISSE ALGO SURPREENDENTEMENTE DEMOCRÁTICO, ALGO QUE ME DEIXOU TRANQUILA IMEDIATAMENTE. "NINGUÉM AQUI", DISSE ELE, "SABE O QUE ESTÁ FAZENDO. ENTÃO, SE VOCÊ SE SENTE ASSIM, ESTÁ EM BOA COMPANHIA."

CLARO QUE BAIL ACABOU ME ENSINANDO MUITA COISA, MAS ESSE PONTO DE VISTA ME ACOMPANHOU. VOCÊ TEM ALGO QUE VALE A PENA ACRESCENTAR, MESMO QUANDO ACHA QUE NÃO TEM.

BAIL E BREHA . . . AH, CÉUS, BREHA TAMBÉM SE FOI. LEIA, SUA FILHA ADOTIVA, SEU LEGADO. COMO A ADORAVAM.

ESTOU ANESTESIADA. PARALISADA. PERDER TANTO ME DESORIENTA. A DOR É GRANDE DEMAIS. SEI QUE A ALIANÇA PRECISA LUTAR, MAS TAMBÉM TEMOS QUE CHORAR. EU PRECISO CHORAR E NÃO TENHO TEMPO PARA ISSO.

BAIL ESTÁ AGORA COM A FORÇA. EU GOSTARIA MUITO MAIS QUE ELE ESTIVESSE AQUI COMIGO.

**HENDRI UNDERHOLT**

Comandante, preciso da sua assinatura nestes papéis. Não posso esperar. Comandante, AGORA.

MOTHMA/REGISTRO DIÁRIO

AH, QUE SERMÃO TIVE QUE PASSAR A HENDRI POR EXTRAPOLAR AS FUNÇÕES DE SEU CARGO. QUÃO DESESPERADAMENTE EU PRECISAVA QUE ELA FIZESSE EXATAMENTE ISSO.

UMA LÍDER LIDERA. OLHAR PARA TRÁS NÃO HONRARÁ BAIL NEM OS MORTOS DE ALDERAAN. NÓS OS HONRAREMOS LUTANDO. DERROTANDO PALPATINE.

COM OU SEM PLANOS, NÓS VAMOS . . . PRECISAMOS DESTRUIR A ESTRELA DA MORTE.

*Às vezes, o caminho mais difícil é o único caminho. —Leia*

DOCUMENTO CONFIDENCIAL — NÍVEL DE ACESSO:

HARINAR/DRAVEN PROG40241

**RI 035-X5**
**RASTREADOR**
**PARA: GEN. DRAVEN**
**DE: MAJ. HARINAR**

Como suspeitávamos, a nave contrabandista *Millenium Falcon* tinha um rastreador imperial a bordo.

É um aparelho proveniente do Departamento Imperial de Pesquisa Militar com transmissor de banda estreita de hiperonda, que sem dúvida indicava nossa localização até ser desligado.

Adivinha quem está vindo para Yavin?

DOCUMENTO CONFIDENCIAL — NÍVEL DE ACESSO:

DODONNA/MOTHMA PROG40288

RI 077-X5

ATUALIZAÇÃO DE INTELIGÊNCIA: PROJETO DA ESTRELA DA MORTE

PARA: CMD. MOTHMA

DE: GEN. DODONNA

Draven confirma que o projeto foi transferido do droide astromecânico da princesa Leia para o computador da Base Um, para análise. Preciso de todos analisando esses dados. Prioridade máxima.

DOC #49941463-ALL

PARA: GEN. DRAVEN, INTELIGÊNCIA DA ALIANÇA

DE: SD. WEEMS, TÉCNICO DE COLETA DE DADOS

ASS.: PONTO VULNERÁVEL

DOCUMENTO OFICIAL

Escaneamos cada centímetro desses esquemas em busca da falha do Dr. Erso, tomando cuidado para não cair em nenhuma armadilha nem deixar passar o óbvio. Odeio ter que dividir os créditos, mas aquela unidadezinha azul tem ajudado de maneira surpreendente.

Resumindo:

- A fraqueza na conexão entre o amplificador primário de energia e o reator de hipermatéria pode ser explorada com uma ruptura de energia intensa.
- As saídas de exaustão térmica da Estrela da Morte liberam gases do reator de hipermatéria para impedir o superaquecimento.
- Uma saída de exaustão secundária é particularmente vulnerável. Fica ao fim de um corredor meridional, protegida por baterias de turbolaser.

É isso. Esse é o nosso alvo. O que temos que poderia abrir um rasgo nesse ponto vulnerável? Um torpedo de prótons daria conta do recado. (Armas de energia não bastam, e a região tem proteção contra raios, de qualquer modo.) Realizar o disparo que começará a reação em cadeia, no entanto — essa é a parte complicada. A abertura da saída de exaustão tem menos de dois metros de largura.

COMPLICADO É POUCO. NESSA VELOCIDADE, SOB FOGO, SENDO PERSEGUIDO? EU CONSEGUIRIA, MAS MESMO ASSIM É UM DISPARO DOS MAIS DIFÍCEIS.
-POE

[ DOC #49941463-ALL-ANEXO ]

ASS. ESQUEMAS DA ESTRELA DA MORTE

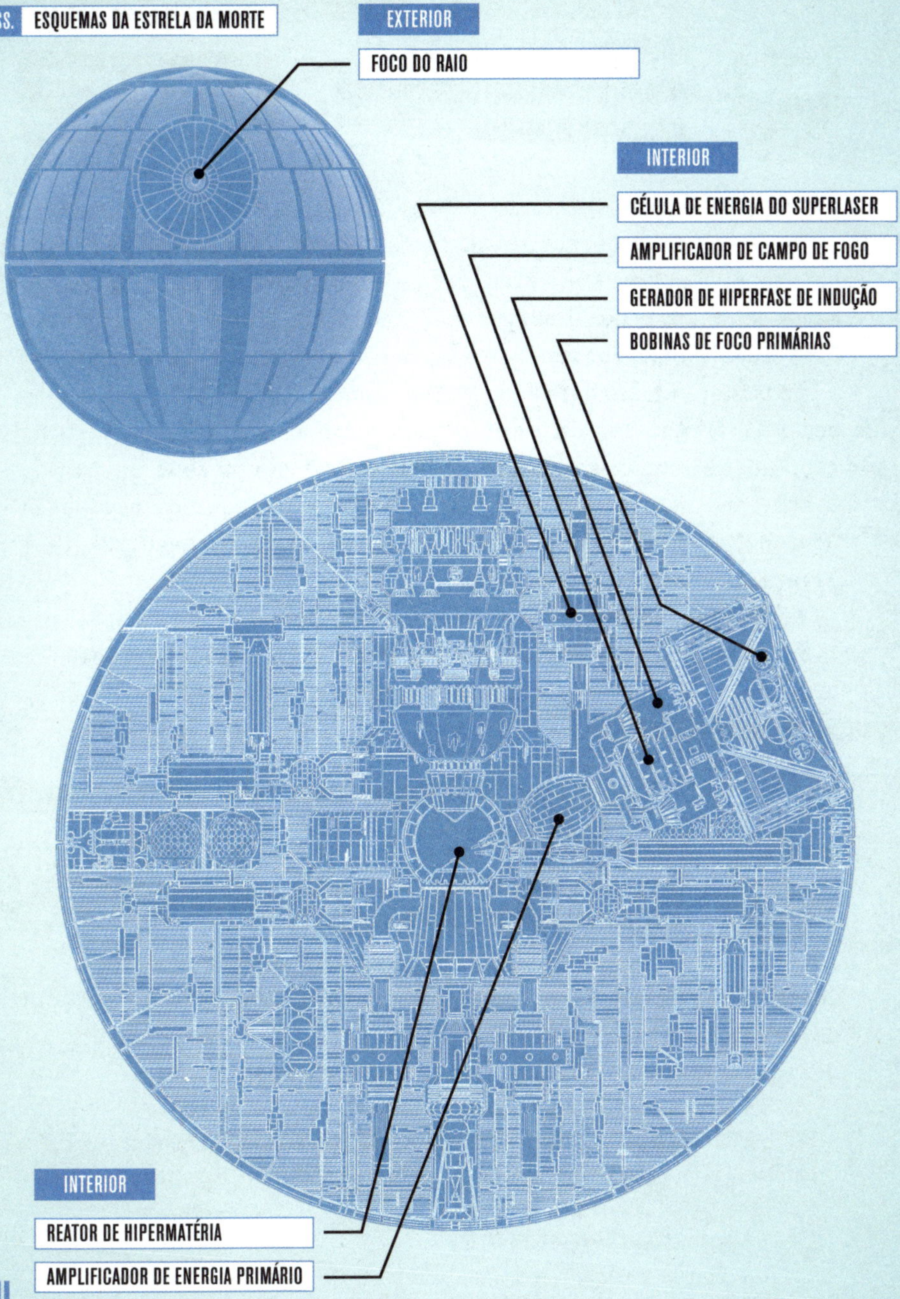

DOC #5115234-ALL

PARA: TODOS OS COMANDANTES

DE: GEN. DODONNA, SETOR DE COMANDO

ASS.: PLANO DE ATAQUE

DOCUMENTO OFICIAL

Vocês todos leram o relatório de Weems. Vamos discutir nossas opções.

Segundo os esquemas, a Estrela da Morte tem 10 mil turbolasers. Felizmente, eles ficam espalhados por uma área de mais de 45 mil quilômetros quadrados. É uma defesa esparsa, projetada para repelir o ataque de uma frota de larga escala.

Considerando a perda do *Profundidade* em Scarif, não temos bem uma frota. Ironicamente, isso pode acabar sendo uma bênção. Nossos caças estelares podem atravessar a rede de turbolasers da Estrela da Morte. Conversei com o líder de esquadrão Dourado, que está confiante que seus pilotos conseguirão realizar o disparo em seus Y-Wings.

Recomendo empregar os Y-Wings como bombardeiros, após calibrar seus computadores de mira para aproximação rápida e disparo de precisão. Os X-Wings atuarão como escolta.

Mesmo que a lua de batalha não tivesse arma alguma, uma frota teria dificuldade de fazer mais do que arranhões em algo desse tamanho.
Almirante Ackbar

DOC #5235523-ALL

PARA: MON MOTHMA

DE: GEN. DRAVEN, INTELIGÊNCIA DA ALIANÇA

ASS.: DETERMINAR A VERACIDADE DOS DADOS

DOCUMENTO OFICIAL

Comandante, estou repassando isto para que você tenha ciência do debate. Porém, isso não muda a minha recomendação de que devemos agir imediatamente. Há coisas demais em jogo.

CEL. DELTO: Não, o que estou dizendo é que é fácil demais. Uma única falha que derrubaria uma estação bélica inteira num único nanossegundo?

MAJ. HARINAR: O que quer dizer com isso?

CONTINUA

CEL. DELTO: Quero dizer que isso só pode ser uma isca. O Império está usando essa suposta falha para nos atrair para uma armadilha.

MAJ. HARINAR: Se isso for verdade, não acha que fariam da falha algo mais sutil? O fato de que é tão catastrófico é exatamente o tipo de descuido exorbitante que aparece o tempo todo. A Inteligência Imperial não seria tão óbvia.

CEL. DELTO: Ah, é? Mas é disso mesmo que estou falando. O Império sabe que nós sabemos que eles não seriam tão óbvios, então acabam fazendo exatamente isso. Para confundir nossas expectativas.

MAJ. HARINAR: Hmm. Mas o fato de que estamos discutindo isso como uma possibilidade nesta sala, neste momento, prova que nós sabemos que eles sabem que nós sabemos que eles não seriam tão óbvios. Ou seja, a falha da Estrela da Morte é plausível.

CEL. DELTO: Sim, mas pense nisto: se eles sabem que nós sabemos que eles sabem que nós sabemos...

GEN. DRAVEN: Cavalheiros, vamos terminar logo com isso.

FIM DO DOCUMENTO

**MON MOTHMA**

Hendri, você me acompanhará no encontro da frota. Partiremos em uma hora. Traga o conjunto de dados.

**HENDRI UNDERHOLT**

Vamos evacuar Yavin 4?

**MON MOTHMA**

Não. Vamos lutar. Mas, se perdermos em Yavin, a Aliança continuará lutando.

**MON MOTHMA**

Não posso fazer mais nada aqui. Muito em breve, vamos celebrar ou lamentar, mas nenhum dos resultados nos absolve de nosso dever. Com a ajuda de Ackbar, posso preparar contingências de voo e contra-ataques para o pior cenário.

*Depois que os esquadrões partiram, fiquei olhando para o céu até os pontinhos desaparecerem. Eu não podia culpar Han por fugir, mas parte de mim já sentia que nos encontraríamos de novo.*

*— Leia*

TRANSCRIÇÃO PARCIAL DE REGISTROS DA SALA DE GUERRA: BASE UM, YAVIN 4

AGENTE DE CONTROLE: Sensores indicam que a Estrela da Morte saiu do hiperespaço do outro lado do gigante gasoso. No momento, está circundando o planeta para ter uma visão clara de Yavin 4 e efetuar o disparo.

CONTINUA

GEN. DODONNA: Calcular velocidade orbital. Há mais assinaturas de reversão?

GEN. WILLARD: Negativo. Apenas uma.

PRINCESA LEIA ORGANA: Isso é uma bênção. Nenhum Destróier Estelar de apoio.

AGENTE DE CONTROLE: No ritmo atual, o tempo para campo de disparo da Estrela da Morte é de quinze minutos.

CEL. COR: Esquadrões Vermelho e Dourado a caminho, prestes a entrar em campo de visão. Comunicadores dos pilotos foram conectados.

GEN. DODONNA: Líderes de esquadrão, executar padrão de ataque Alfa.

---------------------------

AGENTE DE CONTROLE: Vermelho Seis destruído.

GEN. DODONNA: Quanto mais ficarmos lá, mais perderemos para o atrito. Onde está o grupo de bombardeiros?

AGENTE DE CONTROLE: Vermelho Quatro destruído.

---------------------------

PRINCESA LEIA ORGANA: Mande-o dar o fora de lá.

GEN. DODONNA: Eles não vão chegar a tempo.

AGENTE DE CONTROLE: Estrela da Morte estará ao alcance em um minuto.

GEN. DODONNA: Vermelho Cinco, aqui fala Base Um. Você está liberado para avançar.

---------------------------

AGENTE DE CONTROLE: General! Confirmando sobrecarga do reator!

GEN. DODONNA: Todos os caças rebeldes, aqui fala Base Um. Recuar para distância segura de explosão imediatamente. Repito, recuar para distância segura de explosão imediatamente.

**PARA:** Os povos livres da galáxia
**DE:** Mon Mothma, da Aliança Rebelde

Embora vocês vivam sob o jugo do Império, nenhum tirano pode tomar o controle do seu livre-arbítrio.

A Aliança Rebelde interceptou informação ultrassecreta acerca de uma estação de batalha imperial capaz de obliterar planetas. Em seguida, conseguiu destruí-la perto do planeta Yavin, na Orla Exterior. Essa Estrela da Morte foi responsável por destruir a Cidade Sagrada de Jedha e aniquilar o querido planeta Alderaan.

Propagandistas imperiais alegaram que um acidente de mineração derrubou a Cidade Sagrada. Sem dúvida, deturparão a tragédia de Alderaan para seu cínico benefício.

Vocês merecem saber a verdade. O Império assassinou bilhões, usando uma arma com efeitos tão indiscriminados que apenas sua existência já é um crime. A Aliança Rebelde deu cabo dessa ameaça, salvando bilhões da ira do Imperador.

Ajam agora, enquanto eles recuam. Ajam agora, porque a invencibilidade do Império foi exposta como uma mentira e uma ilusão.

Juntem-se a nós e usem a vantagem contra o inimigo. A Aliança Rebelde está comprometida a restaurar os ideais da República e dar voz ao povo. Em nossas fileiras, vocês serão valorizados. Juntem-se a nós e lutem.

*Lembro-me desse momento e desse discurso. Nada de Senado, nada de armas secretas. Os combatentes tinham se revelado, e as fileiras da batalha ardiam, claras e evidentes.*

*—Leia*

**NÍVEL/CATEGORIA PRINCIPAL**

# CRONO DA ALIANÇA 3

**RESUMO:**

## Reagrupamento

Hendri Underholt

ARQUIVISTA

DATA-PADRÃO: 19-22 DFI

(DEPOIS DA FORMAÇÃO DO IMPÉRIO)

MOTHMA/REGISTRO DIÁRIO

CONSEGUIMOS. CONSEGUIMOS UMA VITÓRIA PELA SEGUNDA VEZ, EM RÁPIDA SUCESSÃO E CONTRA FORÇAS QUE TÍNHAMOS CHANCES MÍNIMAS DE CONTRAPOR. AS VITÓRIAS EM SCARIF E YAVIN LEGITIMAM NOSSO MOVIMENTO? OU SERÁ QUE ESTOU TENTANDO DESESPERADAMENTE RACIONALIZAR NOSSOS SUCESSOS?

IMPEDIMOS O IMPÉRIO DE ALCANÇAR A ONIPOTÊNCIA, NO ENTANTO, MAL FIZEMOS UM ARRANHÃO EM SEU ARSENAL. QUANDO A EUFORIA PASSAR, MAIS UMA VEZ ENFRENTAREMOS OS MESMOS NÚMEROS DESESPERADORES.

O IMPÉRIO POSSUI OS RECURSOS, A FORÇA E O PODER. ELES NÃO VÃO NOS SUBESTIMAR DE NOVO. A ALIANÇA DEVE DESAPARECER, E RÁPIDO.

*Dadas as pessoas que me acompanham, constantemente ouço voz me compelind a creditar resultados positivos à sorte ou à For Prefiro tomar para m o crédito por atitudes que mesma tomei.*

*—Lei*

DOC #5422521-ALL

**DE: MON MOTHMA**

**PARA: TYNNRA PAMLO**

**ASS.: CONTAR A HISTÓRIA DE YAVIN**

**DOCUMENTO OFICIAL**

Tynnra, você tem a minha aprovação. Vamos colher os frutos do poder persuasivo que essa vitória nos trouxe. Todos os itens seguintes estão à sua disposição:

- Registros de telemetria de longo alcance da destruição da Estrela da Morte (o Cel. Delto enviará decodificações limitadas conforme você requisitar)
- Imagens de voo capturadas pelos Esquadrões Dourado e Vermelho (Delto)
- Imagens holográficas capturadas na cerimônia de medalhas (trace todas as permissões com Olia Choko, de comunicações)
- Texto de declarações oficiais: Mon Mothma, Almirante Ackbar, Leia Organa
- Diversas composições gráficas e iconografia reprodutível (ver anexo 00RAY2//WREN)

Por favor, trabalhe com Hendri Underholt em meu escritório para coordenar os esforços. Obrigada.

A REBELIÃO É
TRIUNFANTE.
O IMPÉRIO ESTÁ
RECUANDO.
JUNTE-SE À ALIANÇA
PELA RESTAURAÇÃO DA REPÚBLICA
FOLHA DE TESTE

*Vivo reclamando de como a Nova República faz pouco-caso de nossa luta, mas é melhor do que ser publicamente considerado um criminoso político. — Holdo*

# JORNAL TRINEBULON

*A Verdade, Direto da Fonte*

## ATAQUE-SURPRESA REBELDE MATA MILHARES

**Extensão Gordiana, Territórios da Orla Exterior** — Provando que crime nenhum é vil o bastante para os traidores, sabotadores rebeldes mataram milhares de soldados imperiais num ataque covarde contra uma estação orbital.

A incursão ocorreu perto de Yavin, na Extensão Gordiana, para onde os mais altos líderes rebeldes fugiram, a fim de escapar da campanha de pacificação do Império na Orla Exterior. Usando uma combinação de dissimulação e deslealdade, agentes rebeldes atiraram no reator da estação, gerando uma explosão catastrófica.

Imediatamente após a tragédia, propagandistas rebeldes espalharam imagens que mostraram os perpetradores do ataque sorrindo, enquanto Leia Organa, ex-senadora por Alderaan, lhes entregava medalhas reluzentes.

(continua na p. 2)

*Foi a primeira vez que pudemos usar as rotas alternativas inexploradas do hiperespaço. — Ematt*

# INFORREDE DO CYNABAR

*Sempre Aposte na Grande CYN*

## REBELIÃO EM ALTA? CALMA LÁ

**Nal Hutta** – Como reportado em Nal Hutta Kal'tamok, o Conselho Hutt hoje divulgou um relatório de ganhos que continha um reconhecimento tímido à vitória da Aliança Rebelde em Yavin. Pode não parecer muito, mas é um grande passo para a legitimação da Rebelião – e já está causando um frio na espinha das relações entre o Império e os Hutt.

Deve-se destacar que os Hutt estão apostando em lucros de possíveis negociações com a Rebelião, o que significa que o movimento de Mon Mothma tem chances de continuar relevante por um tempo.

Nossos analistas avaliaram a questão e chegaram a uma conclusão mais pessimista. Não brandam bandeiras da Aliança ainda – os rebeldes estão em sérios apuros. Eles contam com fluxos de crédito e cadeias de abastecimento incertos, seu poderio não é dos maiores, e sua coalizão está frágil.

**SE VOCÊ FOR CAÇADOR DE RECOMPENSA:** A guilda ainda não emitiu uma política oficial para aceitação de trabalhos rebeldes. Caçadores independentes que queiram tentar a sorte devem trabalhar com agentes terceirizados, somente.

**SE VOCÊ FOR CONTRABANDISTA:** Não caia nessa – as chances de ser pago pelos rebeldes são menores do que de ser abordado pela alfândega imperial. Não importa a quantia prometida. Proteja o seu ganha-pão.

*Rotas terríveis! Uma sujeira! As naves chegavam repletas de micrometeoros que tinham sido varridos para dentro de hiper-redemoinhos! — Almirante Ackbar*

DOC #5523332-ALL

**PARA: CMD. MON MOTHMA**

**DE: GEN. DODONNA**

**ASS.: PRINCESA LEIA ORGANA**

**DOCUMENTO OFICIAL**

O general Draven acaba de me informar que o Império vem oferecendo uma recompensa de 10 milhões de créditos para quem capturar a princesa Leia Organa. Fizemos dela um símbolo quando divulgamos as imagens da cerimônia de medalhas. Recomendo que a princesa permaneça sob proteção aqui, na Base Um, até que possamos lhe garantir passagem segura para a nave-capitânia da Aliança.

DOC #5656672-ALL

**PARA: GEN. DODONNA**

**DE: CMD. MON MOTHMA**

**ASS.: PRINCESA LEIA ORGANA**

**DOCUMENTO OFICIAL**

Fiquei sabendo do que aconteceu. Sei o que você vai perguntar.

Leia rompeu a quarentena e tomou sua nave pessoal, comandante. A piloto dela, tenente Verlaine, deixou para trás dois de nossos melhores ases e saltou para o hiperespaço.

O que devemos fazer com relação a isso? Nada.

Leia e a tenente Verlaine são alderaanianas. Elas saíram em busca de outros refugiados do planeta: sobreviventes procurando outros sobreviventes. É um símbolo poderoso e um dever moral. Em vez de segurá-la aqui, vejamos aonde ela nos levará.

**HENDRI UNDERHOLT**

Comandante, o Almirante Ackbar está enviando praticamente todas as naves para Yavin, a fim de ajudar na evacuação da Base Um. Você pode ficar aqui, a bordo da *Esperança*, mas ela só partirá amanhã cedo.

**MON MOTHMA**

Qual será a próxima nave a partir?

**HENDRI UNDERHOLT**

*Nangilima*. Vai saltar para Yavin em menos de uma hora.

**MON MOTHMA**

Pegue suas coisas e me encontre a bordo. Temos heróis a parabenizar.

**DOCUMENTO CONFIDENCIAL — NÍVEL DE ACESSO**

ACKBAR/MOTHMA PROG40852

**RI 075-N1**
**DEFESA DE YAVIN**
**PARA: CMD. MOTHMA**
**DE: ALTE. ACKBAR**

Comandante, é impossível saber quando o Império atacará Yavin de novo. A retaliação é inevitável, no entanto, eles podem tomar os setores que deixei propositalmente desprotegidos e nos deixar em paz.

A maior ameaça a Yavin seria uma armada com um cruzador *Interditor* com poço de gravidade. Uma formação desse tipo impediria nossas naves de saltar para o hiperespaço, deixando-nos vulneráveis à imobilização por raio trator e ao fogo cruzado de turbolasers. Já enviei nossas naves de combate para evitar essa situação.

Embora a perda da *Profundidade* tenha sido muito sofrida, a luta continua. Torçamos para que *Lar Um* esteja mais do que equipada para cumprir o papel de nave-capitânia da Aliança.

**ADENDO: TEN. SESFAN**

Uma boa avaliação do meu eu mais jovem. O Império realmente conseguiu boa parte da Conexão Overic às minhas custas. — Almirante Ackbar

Ver relatório suplementar dos estaleiros Mon Cals em Telaris acerca da conversão de naves de guerra e agenda de lançamentos antecipados.

DOC #5235523-ALL

**PARA: CEL. COR, COMANDO DE CAÇAS ESTELARES**
**DE: TEN. ANTILLES (VERMELHO DOIS)**
**ASS.: RELATO DE PATRULHA: PERÍMETRO DE YAVIN**

**DOCUMENTO OFICIAL**

Após verificar a órbita, um X-Wing de Patrulha (Snoop 2), equipado com pacote de sensor de reconhecimento de alto ganho Fabritech, fez um voo de perímetro completo em busca de sinais de incursão imperial ou aparelhos de observação passiva.

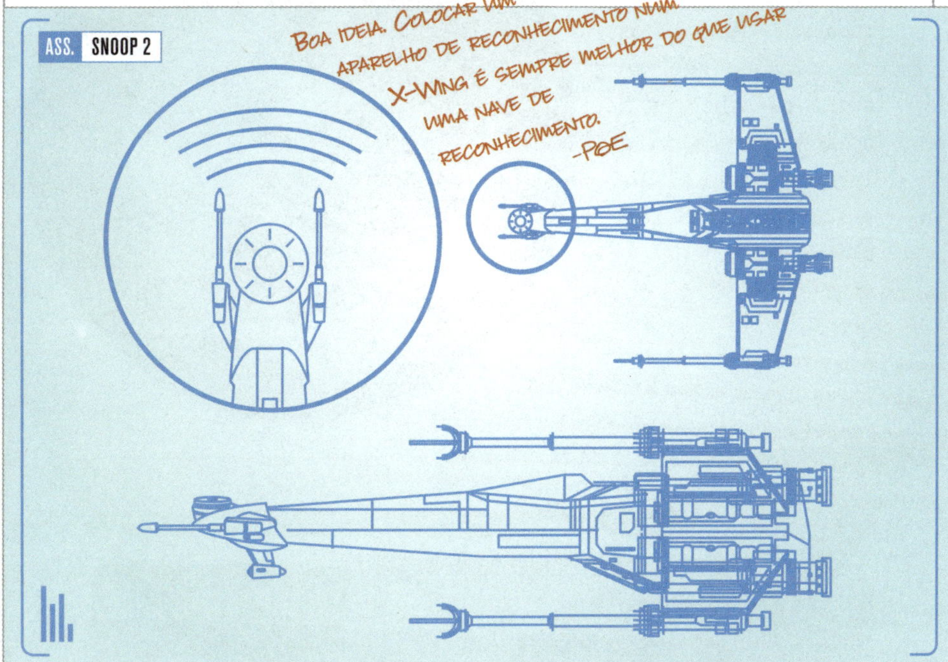


**Varredura Um: Lado distante da sombra sensória de Yavin**
Esse segmento recebeu atenção adicional à luz dos avistamentos não confirmados de ontem de uma nave de exploração imperial na vizinhança (ou, pelo menos, um contato de sensor que bata com o perfil desta). A varredura resultou negativa para objetos ou sinais estranhos.

**Varredura Dois: Perto do arco de retorno**
Negativa para objetos ou sinais estranhos.

CONTINUA

DOC #52335523-ALL

**Varredura Três: Arco de retorno distante**

Levei um susto quando uma ameaça distante apareceu e tinha o perfil de um droide de sondagem imperial.

Quando cheguei a meio-caminho do objeto, meus sensores revelaram mais detalhes: um asteroide rico em metais com 3 metros de diâmetro. Acabou que suas superfícies espelhadas rebateram meus sinais de volta, o que induziu os sensores a acharem que uma rocha inerte poderia ser um assassino potencial. Alarme falso.

JÁ OUVI FALAR QUE ISSO ACONTECE. OUTRO JEITO DE BAGUNÇAR PATRULHAS DE PERÍMETRO É LIBERAR UM CARREGAMENTO DE PEQUENOS ATIVADORES DE SENSOR. ISSO FAZ O INIMIGO FICAR MALUCO POR TER QUE CHECAR UM POR UM. -POE

FIM DO DOCUMENTO

DOC #5677535-ALL

**PARA: TODOS OS LÍDERES DE INTELIGÊNCIA**
**DE: GEN. CRACKEN**
**ASS.: AMEAÇA IMINENTE**

**DOCUMENTO OFICIAL**

Temos confirmações múltiplas. Devido à destruição da Estrela da Morte e a consequente chacoalhada na estrutura de comando, a Inteligência Imperial decidiu que é melhor atacar agora, antes que todos sejam realocados.

Todos os comandantes seniores da Inteligência Imperial e do Departamento de Segurança Imperial foram autorizados a avançar contra seus alvos atuais de uma só vez. Vai ser uma bagunça daquelas.

DRAVEN/MOTHMA PROG40990

**DOCUMENTO CONFIDENCIAL — NÍVEL DE ACESSO:**

**RI 052-IN2**

**EXTRAÇÃO DE GRANDE IMPORTÂNCIA: PICANÇOS**

**PARA: CMD. MOTHMA**

**DE: GEN. DRAVEN**

Comandante, você viu o relatório de Taanab. Os Picanços — uma das nossas unidades de reconhecimento enviadas para buscar uma nova base para quartel-general — foram abatidos num tiroteio contra agentes do Departamento de Segurança Imperial.

Dados iniciais não indicavam sobreviventes, mas o Sd. Weems acaba de captar uma transmissão do espaço Hutt. O remetente foi identificado como o Ten. Caluan Ematt, o líder dos Picanços. Ematt escapou para Cyrkon e necessita urgentemente de extração.

O DSI está se aproximando da posição dele, e Cyrkon está lotada de marginais gananciosos que entregariam o tenente por um quarto de crédito. Antes de Scarif, o Cap. Andor seria minha primeira opção para uma missão como esta. Agora, estou correndo para encontrar alguém que tenha familiaridade com o submundo e experiência com os Hutt. Aguarde minha recomendação muito em breve.

*NÃO ESPERAVA ENCONTRAR ISSO AQUI. OS DIAS QUE SE SEGUIRAM À EMBOSCADA EM TAANAB FORAM ALGUNS DOS PIORES DA MINHA VIDA.*
*– EMATT*

### COMANDANTE MOTHMA PARA GENERAL DRAVEN

General, tenho dois recrutas que são exatamente o que você procura.

### GENERAL DRAVEN PARA COMANDANTE MOTHMA

Não está pensando em certo Corelliano e certo Wookie, está? Não são treinados, não têm disciplina e não sabem receber ordens.

### COMANDANTE MOTHMA PARA GENERAL DRAVEN

Pelo que me lembro, Jyn Erso se saiu bem, não foi? Mantenha-me informada.

SOLO E CHEWBACCA NUNCA PRECISAM PAGAR POR BEBIDAS QUANDO ESTOU POR PERTO. SINTO SAUDADE DAQUELES DOIS MALUCOS. DEVO TANTO A ELES. – EMATT

**DOCUMENTO CONFIDENCIAL — NÍVEL DE ACESSO**

DRAVEN/ONORAN PROG41022

**RI 057-IN2**

**PLANO DE MISSÃO: ATAQUE EM CYMOON**

**PARA: GEN. ONORAN**

**DE: GEN. DRAVEN**

Perder a Estrela da Morte custou ao Império mais do que apenas uma superarma. Ainda que estivesse carregada pela metade, a Estrela da Morte custou centenas de AT-ATs e milhares de naves de ataque e caças TIE. Para cobrir o prejuízo, o Império vai alavancar a produção. Não podemos permitir isso.

**ALVO: CYMOON 1**

Das grandes fábricas de armas do Império, recomendo a Fábrica Alfa, em Cymoon 1, no Conjunto Industrial Corelliano.

É conhecida como a maior fábrica de armas da galáxia, com instalações operadas pelas contratantes imperiais EPK, Sienar,

CONTINUA

Loronar e Blastech. Fica no coração do espaço imperial e, por isso, é relativamente pouco defendida.

**RESUMO DA MISSÃO**

Infiltração, sabotagem e extração rápida usando cadeias de abastecimento Império/Hutt como disfarce.

**COMANDANTES**

- Princesa Leia Organa: Líder do esquadrão
- Ten. Luke Skywalker: Piloto do esquadrão
- Han Solo: Infiltrador do esquadrão (fortes conexões no submundo; demonstrou performance melhor do que a esperada na Extração de Cyrkon [ref. DD-1575])

**VISÃO GERAL**

- Estágio 1: Interceptar transportador Hutt acima de Tatooine e capturar a nave. O transportador-alvo estará carregando o emissário industrial de Jabba (Anchorhead Tac-Comm fornecerá identificação do transponder e agenda final de voo).
- Estágio 2: Pousar o transportador em Cymoon 1 e encontrar o supervisor imperial. Solo se passará por emissário Hutt com Organa e Skywalker como guarda-costas.
- Estágio 3: Sabotar o núcleo de energia Globus-X9 deve pôr abaixo a Fábrica.
  Caso haja oportunidade, o esquadrão deverá libertar presos e/ou capturar registros imperiais e tecnologia experimental.
- Estágio 4: Escapar pelo transportador Hutt. Opções de apoio:
  - » transportadores de carga imperiais
  - » aeronaves de combate imperiais saindo da linha de montagem

FIM DO DOCUMENTO

*Ousado atacar o Conjunto Industrial Corelliano a essa altura da guerra. Após ser desmilitarizado, ele nunca recuperou o ápice de produção que teve durante o Império. -Statura*

DOC #5677665-ALL

**PARA: MON MOTHMA**

**DE: LEIA ORGANA**

**ASS.: MISSÃO EM ARRTH-ENO**

**DOCUMENTO OFICIAL**

Como retaliação aos nossos sucessos recentes em Cymoon e em outros lugares, Palpatine anunciou planos de executar todos os presos políticos encarcerados em Arrth-Eno. Segue sumário da missão que andei planejando com a Inteligência.

Nós os conhecemos. São nossos colegas, nossos amigos. A maioria dos senadores não escapou para o submundo, como nós. Ficaram estupefatos com a notícia da dissolução do Senado e abriram suas portas para encontrar agentes leais do DSI esperando para encarcerá-los.

Sob recomendação do general Draven, vamos contatar um de nossos agentes secretos em Coruscant (Eneb Ray, operando como Tharius Demo) para extraí-los antes do prazo final. Não poderemos usá-lo de novo, mas é um preço que vale pagar.

Shea, Tanner, Nadea, Ivor . . . veremos todos eles muito em breve.

*Tão esperançoso. Achei que tinha recebido a chance de salvá-los porque não consegui salvar Alderaan. Não pude aceitar na época, mas esse fracasso – esse fracasso pessoal – rompeu uma represa emocional...*

*—Leia*

DOC #5677535-ALL

PARA: CMD. MOTHMA
DE: GEN. DRAVEN
ASS.: FRACASSO EM ARRTH-ENO

DOCUMENTO OFICIAL

A extração dos prisioneiros foi um fracasso. Todas as vidas foram perdidas.

Imagens orbitais indicam que a instalação foi destruída. Tenho motivos para crer que nosso agente interno mudou os planos ao ouvir a notícia de que o imperador talvez visitasse Arrth-Eno pessoalmente. A tentação de eliminar Palpatine pode ter comprometido os planos.

DOCUMENTO CONFIDENCIAL — NÍVEL DE ACESSO:

CRACKEN/MOTHMA PROG41089

RI 001-N2
OFENSIVA TAGGE
PARA: CMD. MOTHMA
DE: GEN. CRACKEN

Não era um comandante naval, mas, apesar disso, Tagge mostrou ser um adversário sagaz.
Almirante Ackbar

Parece que Cassio Tagge foi promovido para o posto de grande general. Em essência, é o novo Tarkin, e, salvo o imperador, é atualmente a maior ameaça. Como o grande moff, seu foco é forçar a Orla Exterior a submeter-se.

Algumas de suas táticas são ensinadas em academias navais hoje em dia. Tagge era excelente em coleta e análise de dados.
-Statura

## MON MOTHMA PARA GENERAL CRACKEN

Obrigada, Airen. Já conheço Tagge, e qualquer um que tenha contato com as elites de Coruscant conhece bem a família dele. O que acha que ele fará em seguida?

## GENERAL CRACKEN PARA MON MOTHMA

A base de operações de Tagge é o SDE *Aniquilador* (ver o relatório naval de Ackbar para mais detalhes). É um comandante cauteloso e ponderado.

Eu diria que ele vai reunir apoio no submundo antes de atacar diretamente. Com a Guilda de Mineração e o Conselho Hutt razoavelmente obedientes, aposto que o próximo alvo será Sol Negro ou Crymorah. Um passo desses causaria consequências significativas para nossas operações, visto que partilhamos as rotas inexploradas da Orla com esses sindicatos.

*As incursões do Império contra o submundo surtiram efeitos de longo alcance, induzindo muitos sindicatos a assinar pactos com a Aliança. Até hoje a Resistência conta com esses laços. –Statura*

## MON MOTHMA PARA GENERAL CRACKEN

Sim. Por ora, deveríamos ver uma campanha imperial contra o submundo como nosso problema também. Apenas por ora. Quando vencermos esta guerra, podemos dar-nos o luxo de sermos mais seletivos com nossos aliados.

**DOCUMENTO CONFIDENCIAL — NÍVEL DE ACESSO:**

ACKBAR/MOTHMA PROG41097

**RI 043-N1**

**ENCOURAÇADO ESTELAR CLASSE *EXECUTOR***

**PARA: CMD. MOTHMA**

**DE: ALTE. ACKBAR**

Apontei a primeira dessas naves como uma mostra da insensatez excessiva de Palpatine, como você lembra. Entretanto, apesar

CONTINUA

de estar certo, por algum motivo deixei de prever que ele ansiaria por ainda mais.

O Império tem a capacidade para construí-los, claro. Se ao menos a Aliança tivesse o controle de recursos como esses…

Esses encouraçados, ou Superdestróieres Estelares, são mais centros de comando móveis do que de fato naves de combate e, no entanto, podem aniquilar uma armada apenas com armamento concentrado. Cinco mil turbolasers… o que poderia enfrentar um arsenal tão amplo?

Registros das EPK indicam que a classe foi nomeada como Executor, embora complicações nos estaleiros tenham atrasado o lançamento. Seguem os mais críticos SDEs do Império, tanto os que estão em serviço quanto os que ainda estão em construção:

- *Executor*
- *Aniquilador* (designado para o grande general Tagge)
- *Árbitro*
- *Dilacerador*
- *Eclipse* (rumores dizem que é a nave-capitânia do imperador Palpatine)

*O Aniquilador foi vítima de piratas, e forças da Nova República empurraram o Árbitro para um buraco negro. -Statura*

*Depois de Endor, a Nova República capturou três Superdestróieres Estelares: o Dilacerador, creio eu, foi parar nas mãos da grande almirante Rae Sloane. -Holdo*

**ASS.** ENCOURAÇADO ESTELAR CLASSE *EXECUTOR* (SUPERDESTRÓIER ESTELAR)

**COMPRIMENTO** 19.000 metros

**FUNÇÃO** Nave-capitânia

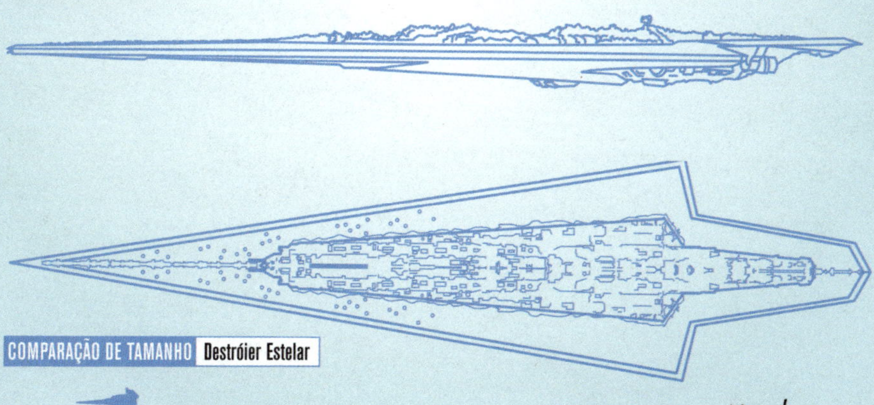

**COMPARAÇÃO DE TAMANHO** Destróier Estelar

*Como se defender desses? Considerando o ponto de vista naval, um estritamente Superdestróier Estelar é quase tão ameaçador quando uma Estrela da Morte. -Statura*

FIM DO DOCUMENTO

## INFORREDE DO CYNABAR

*Sempre Aposte na Grande CYN*

### Fiquem de olho: agressão imperial é real

Por que têm aumentado tanto as incursões do Império contra o submundo? Talvez a perda da Estrela da Morte tenha deixado o imperador tão envergonhado que ele precise angariar vitórias fáceis contra gente que nem mesmo quer lutar.

A começar pelo acordo de comércio que Jabba fez com Lorde Vader, que foi assinado sob coação, segundo nossos informantes. Pense também nas restrições territoriais impostas sobre o Sol Negro e o dízimo obrigatório do Cartel Rodiano de Sucata.

Graças ao grande general Tagge, os corpos ainda quentes do cartel Crymorah e do Orgulho Son-Tuul foram as últimas perdas nesta guerra não declarada.

Os leitores da *Inforrede do Cynabar* deveriam enxergar a crise que se anuncia com preocupação. Nossos analistas prepararam recomendações por região. Cada uma pode ser acessada por uma pequena taxa.

## RELATÓRIO OFICIAL

**PERDAS NAVAIS: NEBULA RECLUSA**

**A/C: Comandante Mothma**

**RELATÓRIO ENVIADO POR: General Baccam Grafis, Artilharia e abastecimento**

O embate na Nebula Reclusa resultou em PERDAS LÍQUIDAS para os recursos navais da Aliança. Se prosseguirmos no caminho atual, vamos esgotar nossa frota dentro de dezoito meses (com uma margem de erro de mais ou menos três meses).

Segue a contabilidade do meu departamento após o embate em Reclusa já com os devidos ajustes.

**Perdas**

- Um Y-Wing BTL: 130.000 créditos
- Um transportador T-4ª classe *Lambda*, usado: 180.000 créditos
- Um caça estelar Xg-1 classe *Alpha*: 125.000 créditos
- Três contêineres de carga, vazios: 90.000 créditos
- Um contêiner de carga, cheio (grãos): 75.000 créditos

(continua na p. 2)

## INFORREDE DO CYNABAR

*Sempre Aposte na Grande CYN*

### Brincadeiras de Grakkus vão longe demais

**Nar Shaddaa** – Boa parte dos operadores independentes sabe da competição de gladiadores que Grakkus, o Hutt, promove. Claro, isso ignora o bantha no salão: a lei imperial proíbe combate de gladiadores.

Essa tecnicalidade foi um problema para Grakkus ontem, quando um embate se tornou uma briga entre rebeldes, stormtroopers, os lutadores profissionais e os MagnaGuardas IG-100 contratados por Grakkus. O desastre acabou quando os rebeldes fugiram e os guardas prenderam todo mundo ainda lá.

"Isso nunca teria acontecido se os rebeldes não metessem o bedelho nas questões políticas", reclamou FwittsinPru, relações-públicas Troig dos Apostadores Obroanos. "Algumas coisas não são eventos apropriados para 'liberdade isto' ou 'igualdade aquilo'. A Aliança Rebelde precisa amadurecer."

(continua na p. 2)

*Comandante, acaba de chegar mensagem do comandante Narra de nossa base de caças estelares em Vrogas Vas. Já estamos formulando um plano de ataque. — Dodonna*

VADER ATINGIDO.

REPITO, DARTH VADER
FOI ATINGIDO EM VROGAS VAS.

AQUI FALA LÍDER VERMELHO PEDINDO ASSISTÊNCIA
DE TODAS AS FORÇAS DA ALIANÇA DISPONÍVEIS.

DOC #5722811-ALL

PARA: COMANDANTES DA ALIANÇA

DE: MON MOTHMA

ASS.: VADER EM VROGAS VAS

DOCUMENTO OFICIAL

Aprovo o pedido da princesa Leia por um ataque coordenado da Aliança. Lorde Darth Vader está sozinho e desprotegido em Vrogas Vas. Ele deverá ser preferencialmente capturado, mas podemos eliminá-lo, caso necessário. Vamos pegar esse monstro.

DOCUMENTO CONFIDENCIAL — NÍVEL DE ACESSO:

NARRA/DODONNA PROG41209

RI 070-X4

AÇÃO EM VROGAS VAS

PARA: GEN. DODONNA

DE: CMD. NARRA (LÍDER VERMELHO)

LI OS RELATÓRIOS SOBRE ISTO. PILOTO NENHUM PODE SER TÃO HABILIDOSO QUANTO VADER FOI AQUI – NEM EU. VER A FORÇA SERVE PARA ALGUMA COISA, AFINAL.
- POE

General, pensando em retrospectiva sobre o ataque em Vrogas Vas, não há muito com que a Aliança possa contar em seu favor.

Passando a limpo:

- Darth Vader escapou da captura.
- Abandonamos nosso posto de caças estelares assim que a frota imperial chegou.
- Perdemos os Esquadrões Azul, Cinza e Amarelo — quase inteiramente devido às ações de Vader como único combatente.

O lado positivo:

- Todos os comandantes da Aliança escaparam.
- Todas as informações sigilosas de nossa estação em Vrogas Vas foram recuperadas ou intencionalmente destruídas.
- Capturamos um prisioneiro muito valioso: a Dra. Chelli Lona Aphra, transferida para nossa penitenciária de segurança máxima em Sunspot.

Apesar das vitórias, perdemos essa batalha. Esse foi um dos piores massacres de pilotos de caças estelares que eu já vi.

Nunca quis construir um aparato militar, e, no entanto, cá estou eu, supervisionando o seu progresso. Força mortal e a urgência da guerra. Foi exatamente assim que Palpatine se tornou ditador, e ele não é um exemplo que eu deseje seguir.

Não sou ingênua. Agora não é a hora de nos desarmarmos. Guerreiros honrados como Ackbar, Rieekan e Dodonna perseguirão objetivos específicos e pararão quando os conquistarem. Eu confio neles.

A confiança, no entanto, não é uma filosofia de governo. Quando nossa vitória finalmente chegar, não podemos manter um exército centralizado. Uma coalizão de exércitos planetários ou setoriais, talvez — algo que rompa a ligação entre o poder político e o controle militar. Se não fizermos isso, apenas nutriremos rebeliões internamente.

*Depois de Endor, foi isso mesmo que aconteceu. —Holdo*

*E agora não temos forças para enfrentar a Primeira Ordem. —Leia*

**DOCUMENTO CONFIDENCIAL — NÍVEL DE ACESSO:**

RIEEKAN/MOTHMA PROG41219

**RI 099-X1**
**OFENSIVA DA ORLA MÉDIA**
**PARA: CMD. MOTHMA**
**DE: GEN. RIEEKAN**

Com o Império ainda num relativo estado de desorganização, agora é o melhor momento para que mobilizemos as forças de solo da Aliança. Não podemos continuar atacando para depois recuar imediatamente. Precisamos capturar planetas de verdade e proteger nossos territórios de contra-ataques.

CONTINUA

RIEEKAN/MOTHMA PROG41219

Isso será difícil, com a superioridade numérica do Império, mas podemos fazer progresso escolhendo bem nossas batalhas.

Recomendo executar diversos ataques na Orla Média. O Império tem o controle do Núcleo, e a Orla Exterior está superprotegida, com as tentativas imperiais de nos arrancar de nossos esconderijos. Por outro lado, a Orla Média oferece numerosas vantagens. Atualmente somos vistos com grande simpatia por lá.

Muito em breve receberemos um plano de batalha detalhado do que chamamos de Ofensiva da Orla Média. Com sua aprovação, começaremos a tomar de volta a galáxia de Palpatine, um planeta por vez.

Eu me vi na vanguarda da Ofensiva da Orla M em Ord Tiddell e em outros lugares. Tentamos abocanhar demais, rápido demais. – Ema.

FIM DO DOCUMENTO

DOC #5973872-ALL

**PARA: MON MOTHMA**
**DE: GEN. ONORAN**
**ASS.: GENERAL MADINE**

DOCUMENTO OFICIAL

Comandante, estou encaminhando isto em resposta ao desastre na Lua Fantasma. O general Madine tem motivos para acreditar que o extermínio dos nossos soldados foi causado por SCAR troopers imperiais.

Sei que você ficou hesitante em aceitar um ex-imperial como Madine, mas apenas nos prejudicaremos se marginalizarmos desertores.

DOCUMENTO CONFIDENCIAL — NÍVEL DE ACESSO

MADINE/ONORAN PROG45501

**RI 166-X4**
**SCAR TROOPERS**
**PARA: GEN. ONORAN**
**DE: GEN. MADINE**

Acerca dos esquadrões de elite de stormtroopers, posso confirmar que são mais do que rumores. Por anos, regimentos imperiais tiveram a reputação de extrema obediência, mas não podemos mais contar com essa previsibilidade.

CONTINUA

O Corpo de Stormtroopers está ficando mais inteligente. Veja só o Esquadrão Inferno, uma unidade imperial composta dos melhores entre os melhores. Eles eliminaram o que restava dos Partidários de Saw Gerrera.

Antes de deixar as Forças Especiais do Império, eu tinha acesso a instruções de relevância operacional. Posso confirmar que o programa SCAR bate com os relatórios que você recebeu de seus contatos na Orla.

**SCAR: Supercomando Avançado de Reconhecimento**

Stormtroopers de elite que recebem um grau incomum de autonomia. São empregados em pequenos esquadrões liderados por um sargento.

Uma unidade dessas, a Força-Tarefa 99, está ligada a uma legião de elite que responde aos mais altos escalões do comando imperial. Tenho certeza de que existem mais unidades.

Peguei os esboços feitos pelo sobrevivente do incidente em Primtara e acrescentei algumas notas acerca da composição dos esquadrões.

**A. Engenheiro:** Repara equipamentos, faz ligações diretas em transportadores, dispara sinais de comunicação

**B. Combatente corpo a corpo:** Especialista em vibropunhais, eletrobastões e artes marciais

**C. Cortadados:** Rompe a segurança de computadores para roubar informações ou controlar equipamentos

**D. Atirador:** Executa reconhecimento de campo e realiza ataques de precisão a longa distância

**E. Armas pesadas:** Carrega o armamento de impacto – lançador de granadas, canhão de raios de repetição, lança-chamas

**F. Explosivos:** Carrega detonadores e minas e tem treinamento de engenharia para explorar fraquezas estruturais

Não devíamos ficar surpresos. Foi o mesmo modelo que a República usou para a Força Clone 99, uma unidade pouco ortodoxa conhecida como "Bad Batch"! –Hetto

CONTINUA

DOC #5973872-ALL

MADINE/ONORAN PROG45501

Unidades SCAR se tornarão cada vez mais comuns, conforme o Império for juntando dicas de nossos próprios sucessos. Mais um motivo pelo qual devemos pôr logo fim a esta guerra.

CONTINUA

DOC #5973872-ALL
MADINE/ONORAN PROG45501

DOCUMENTO CONFIDENCIAL — NÍVEL DE ACESSO:

## RELATÓRIO DA BALÍSTICA

Inteligência da Aliança, Cel. Haxen Delto

Lab. N.: 0438-370974

**Caso Lab. N.: 7043316172**

**Vítima(s):** Soldados rebeldes no posto de Primtara

**Resultado(s):** Análise confirma que uma arma de raios de grande potência foi usada para matar duas tropas de rebeldes encontradas no local. Pelo menos quinze disparos (amostras A-H) vieram dessa arma. Nenhuma célula de energia foi encontrada nos arredores. O local passou por análise espectrográfica e processamento químico para traços residuais. Graças à ausência de arma similar para testes, as conclusões não podem ser verificadas independentemente e devem ser analisadas com um grau adequado de ceticismo. Teste de balística e relatório executados pelo Ten. Finnilus, Inteligência da Aliança.

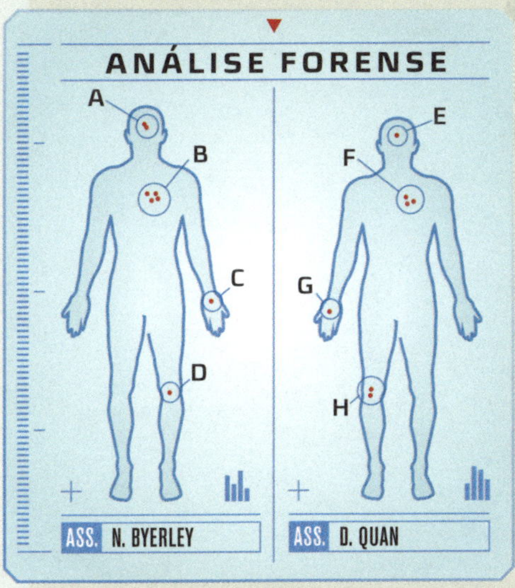


**Notas:** Stormtroopers de linha de frente não portam armas desse calibre. Ademais, a ausência de marcas de arma de raios nas paredes e piso indica a proficiência em disparos incompatível com a pontuação de performance de troopers.

Esses fatores implicariam um caçador de recompensas ou mercenário, se não tivéssemos corroboração independente de presença de stormtroopers em Primtara.

FIM DO DOCUMENTO

**DOCUMENTO CONFIDENCIAL — NÍVEL DE ACESSO**

MADINE/MOTHMA PROG41232

**RI 022-N1**

**MISSÃO HARBINGER**

**PARA: CMD. MOTHMA**

**DE: GEN. MADINE**

Comandante, entendo que sua atenção deve estar focada em romper o bloqueio de Tureen, mas fomos presenteados com uma oportunidade que pode não aparecer novamente.

O Destróier Estelar *Harbinger* está ancorado e vulnerável para abordagem. Com a equipe certa, a Aliança poderia sequestrar esse veículo e incrementar nossa frota com seu primeiro DEI. Ver anexo para especificações da missão. Seguem esquemas técnicos do *Harbinger*.

ASS. *HARBINGER*

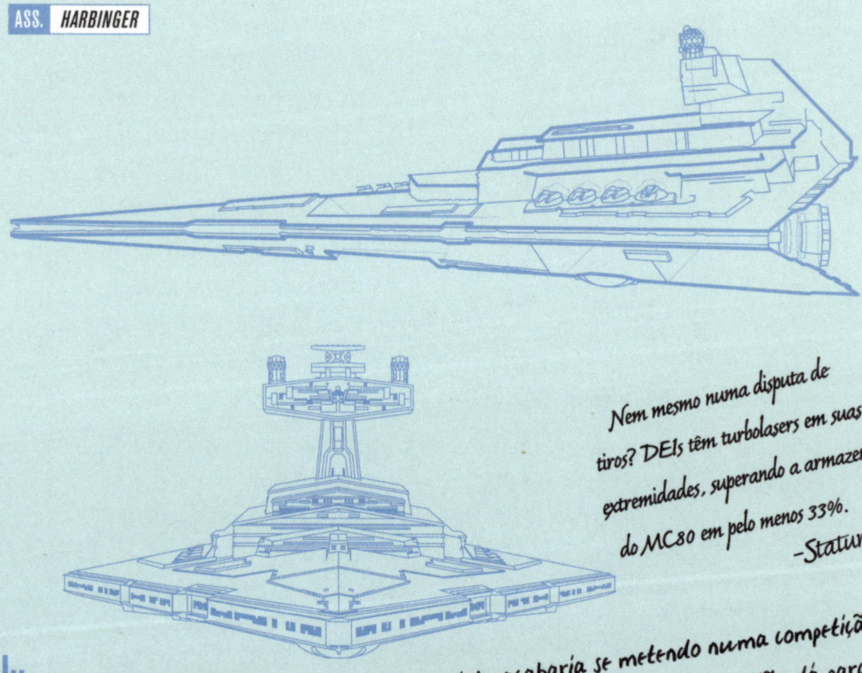

Nem mesmo numa disputa de tiros? DEIs têm turbolasers em suas extremidades, superando a armazenagem do MC80 em pelo menos 33%.
-Statura

Só um idiota acabaria se metendo numa competição dessas! As naves Mon Cals são bem-acabadas. Não dá para abrir o caminho aos tiros por qualquer coisa!
Almirante Ackbar

## GEN. DODONNA PARA MON MOTHMA

A Ofensiva da Orla Média empacou, e boa parte da culpa recai sobre a inabilidade de nossos comandantes de exército em coordenar seus esforços em nível setorial ao se encontrarem atolados em batalhas de solo. Uma unidade móvel de caças estelares como o Esquadrão Rogue ajudará a romper essa paralisia enviando relatórios e atacando alvos quando surgir oportunidade. Ver anexo.

DOCUMENTO CONFIDENCIAL — NÍVEL DE ACESSO

RIEEKAN/MOTHMA PROG41256

**RI 054-X1**

**RECUO DA ORLA MÉDIA**

**PARA: CMD. MOTHMA**

**DE: GEN. RIEEKAN**

Com pesar, devo relatar que a Ofensiva da Orla Média caiu em diversos pontos, tornando necessário o recuo de tropas da Aliança para postos mais fortificados.

A Aliança vai abandonar os seguintes mundos, e esperamos que forças imperiais retomem o controle muito em breve:

- Jeyell
- Pothor
- Trasse
- Ord Tiddell
- Charros
- Durkteel

ESCAPEI NO ÚLTIMO TRANSPORTADOR. QUANDO ALÇAMOS VOO, VI O IMPÉRIO ATACAR O PONTO DE DECOLAGEM COM ARTILHARIA PLÁSMICA.
– EMATT

Uns poucos revolucionários locais vão evacuar com nossas tropas da Aliança, mas a maioria permanecerá no planeta para atacar os imperiais que chegarem. Aguarde um relatório de acompanhamento do general Draven acerca da transformação do cenário político e militar na Orla Média.

MOTHMA/REGISTRO DIÁRIO

NÃO HÁ GUERRA SEM SANGUE, MAS, COMO SERES MORAIS, DEVEMOS MINIMIZAR SEU DERRAMAMENTO DA FORMA QUE PUDERMOS. COM NOSSO FOCO NA ORLA MÉDIA, SERIA A ESPIONAGEM O MELHOR CAMINHO?

PERDEMOS A MAIORIA DE NOSSOS BUROCRATAS INFILTRADOS E LEGISLADORES SIMPATIZANTES COM A DISSOLUÇÃO DO SENADO IMPERIAL.

AGORA PRECISAMOS RECOMEÇAR. POR PEDIDO MEU, O GENERAL CRACKEN VAI TOMAR A DIREÇÃO DA INTELIGÊNCIA DA ALIANÇA. DEVEMOS SER ASTUTOS E CORAJOSOS.

**DOCUMENTO CONFIDENCIAL — NÍVEL DE ACESSO:**

CRACKEN/MOTHMA PROG41294

**RI 122-X8**

**ATUALIZAÇÃO: ITENS DA INTELIGÊNCIA IMPERIAL**

**PARA: CMD. MOTHMA**

**DE: GEN. AIREN CRACKEN, CHEFE DA INTELIGÊNCIA REBELDE**

Neste momento, temos vários agentes ativos dentro do Império. Alguns são novos, enquanto outros fornecem dados confiáveis há anos. Nossa lista conta com militares imperiais, burocratas e seu governo civil.

Favor rever os seguintes nomes e perfis para ter uma noção do nosso alcance para operações futuras.

- Cel. Vin Northal
- Ten. Gov. Javor Tallensia
- Ten. Ander Rendrake
- Ministro Alfons Allsing
- Cel. Ilo Jev
- Maj. Kerri Lessev
- Maj. Tarn Innis
- Gov. Striate Cruch
- Ten. Sarchen Snyle

Esse é um dos nossos maiores problemas com a Primeira Ordem. Eles são tão isolados que nenhum dos nossos agentes consegue se infiltrar. —Hold

Deveríamos também rever nossos planos para extrair esses agentes caso seu disfarce seja comprometido. A Corrida do Vazio do Dragão é um modelo que vale a pena emular, embora eu não espere que Han Solo consiga fazer o mesmo truque duas vezes.

DOC #6188831-ALL

PARA: MON MOTHMA

DE: GEN. RIEEKAN

ASS.: DESERTOR IMPERIAL COM 61ª INFANTARIA MÓVEL (COMPANHIA CREPÚSCULO)

DOCUMENTO OFICIAL

Centenas de nossos grupos de batalha na Orla Média estão recuando. Entre as notícias, o agente de comando da Companhia Crepúsculo revela possuir uma pista sobre um alvo da Inteligência que nos permitiria resistir ao impulso do Império.

A governadora imperial de Haidoral Prime, Everi Chalis, ofereceu desertar sob a condição de que possamos garantir-lhe imunidade a um processo. Em troca, ela oferece informações detalhadas sobre a logística e as operações de abastecimento do Império na Orla Média e além.

Dada a compreensão dele sobre cadeias de abastecimento, o general Grafis concordou em examinar os dados da governadora. Se essas informações se mostrarem valiosas, talvez queiramos trazê-la para uma reunião com o Alto Comando.

*Essas informações se mostraram valiosas, e ajudaram a legitimar o uso de dados de Bothan na segunda Estrela da Morte. Não sei bem se aplaudo ou condeno o que aconteceu.*

*Leia*

DOCUMENTO CONFIDENCIAL — NÍVEL DE ACESSO:

SEERTAY/ONORAN PROG41299

RI 187-S9

ATUALIZAÇÃO: ITENS DA INTELIGÊNCIA IMPERIAL

PARA: GEN. ONORAN, FORÇAS ESPECIAIS

DE: CEL. ANNA SEERTAY

Por favor, leia a recomendação de um dos nossos batedores acerca da localização do quartel-general da Aliança. Concordo com boa parte do que ela diz, mas é preciso que saiba que a cabo Purpruff é Gigorana. Então, quando ela diz “limpa e fresca”, tenha em mente que as temperaturas nesse planeta são de congelar até mesmo num dia de sol.

CONTINUA

*Eu conhecia Purpruff! Os Picanços e os Vapetailers apostavam fichas para a cantina em partidas de Pazaak. Mais tarde, vi seu nome entre as baixas da Base Echo. – Ematt*

SEERTAY/ONORAN PROG41299

# REGISTRO DE EXPLORAÇÃO

ENVIADO POR: Cb. Purpruff, unidade Vapetailers, Forças Especiais da Aliança

## RECONHECIMENTO

### Hoth

**REDE-PADRÃO:** K-18

**REGIÃO ESTELAR:** Corredor Ison

**SISTEMA:** Hoth

**CORPO ORBITAL:** Hoth, sexta camada orbital

**CLIMA:** Padrão respirável, temperatura abaixo de zero

**TERRENO:** geleiras, montanhas, oceanos congelados, campos nevados, redes de cavernas

**NOTAS:** Corpo planetário não explorado oficialmente. Ausente tanto no material da Guilda Nav, edição 5572.C5, como no plano Giju 773/B. Extraoficialmente conhecido por contrabandistas (ver redes obscuras de Cynabar X11-X22), mas amplamente ignorado. Não possui valor material nem mineral, e o clima é desagradável para a maioria dos orgânicos.

## IMPRESSÕES DA ÓRBITA:

- Um hipersalto fácil para o Corredor Ison e a Espinha Comercial Corelliana.
- O campo de asteroides é muito perigoso. Naves aleatórias que saltam para o sistema provavelmente não se demorarão por lá.
- Há uma incidência surpreendentemente alta de meteoritos que alcançam a superfície, embora isso ofereça disfarce para tráfego de espaçonaves.
- Sensores indicam que o planeta é tectonicamente estável.

CONTINUA

## IMPRESSÕES DA SUPERFÍCIE:

- Atmosfera limpa e fresca. O ar cutucou as minhas narinas de um jeito esquisito, após tantas semanas de reciclagem de cabine.
- Que extensão linda! Azul no alto, branco embaixo — o horizonte perfeito.
- O mapeador de terreno indicou uma rede de grandes cavernas perto do local de pouso. Fui até a entrada mais próxima para explorar. Dentro, encontrei palácios de gelo grandes o bastante para abrigar cargueiros estelares.
- Plantei uma mina adesiva numa estalactite para testar a integridade estrutural da caverna. Nem mesmo um tremor quando ela detonou. O gelo é sólido feito rocha.
- Escâneres de atividade vital me levaram até essas belezinhas. Elas não fugiram quando me aproximei, e comeram da minha mão quando ofereci um pouco de ração. Podem ser úteis para levar equipamento e carregar pessoas. E não cheiram mal.
- Repare que, se manter água em estado líquido for importante, será necessário aquecimento artificial.

# BASE ECHO

CORPO DE ENGENHEIROS DA ALIANÇA REBELDE

CHEFE MAJ. K. MONNON

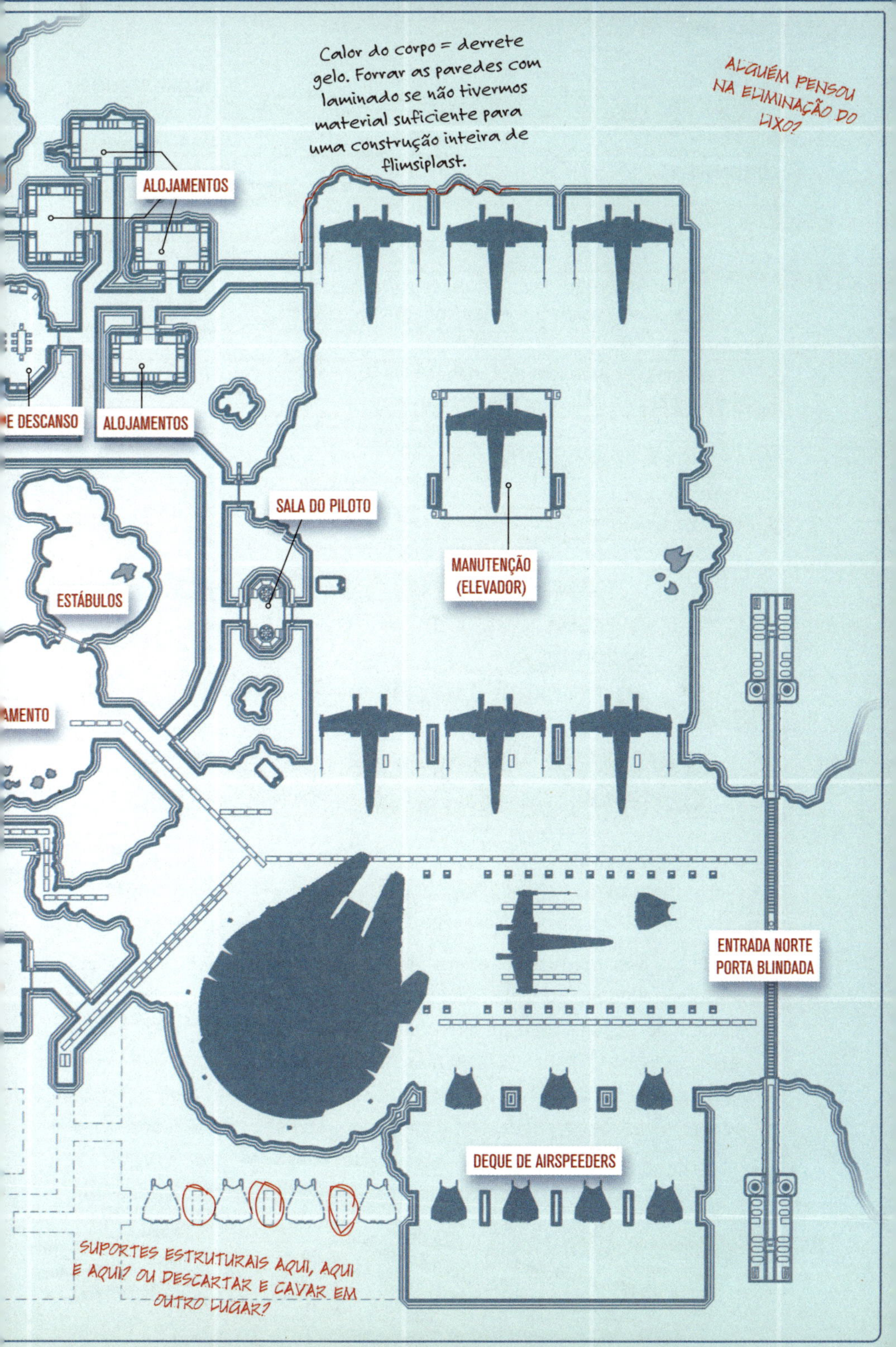

Calor do corpo = derrete gelo. Forrar as paredes com laminado se não tivermos material suficiente para uma construção inteira de flimsiplast.
ALGUÉM PENSOU NA ELIMINAÇÃO DO LIXO?
ALOJAMENTOS
E DESCANSO
ALOJAMENTOS
SALA DO PILOTO
MANUTENÇÃO (ELEVADOR)
ESTÁBULOS
AMENTO
ENTRADA NORTE PORTA BLINDADA
DEQUE DE AIRSPEEDERS
SUPORTES ESTRUTURAIS AQUI, AQUI E AQUI? OU DESCARTAR E CAVAR EM OUTRO LUGAR?

HENDRI UNDERHOLT

Hoth? De quem foi essa ideia de Hoth? Sinto dor na ponta do nariz, e acho que perdi a sensibilidade dos dedos!

MON MOTHMA

É precisamente o clima inóspito de Hoth que o torna tão provável de passar despercebido.

HENDRI UNDERHOLT

É uma honra para mim ser sua representante, mas ontem deixei uma tigela de caldo esperando por um tempo, e nela se formou uma camada de gelo.

MON MOTHMA

Sabe, cheguei a pensar em mandar Hostis no seu lugar. Porém, todo mundo me garantiu que ele já estava numa fria.

HENDRI UNDERHOLT

A senhora . . . fez uma piada? Comandante, estou admirada.

MON MOTHMA

Aprecie o momento. Não vai virar um hábito.

DOC #6254431-ALL

PARA: TODOS DA BASE ECHO

DE: GEN. RIEEKAN

ASS.: COMUNICAÇÕES E SEGURANÇA DA BASE

DOCUMENTO OFICIAL

**TODOS OS FUNCIONÁRIOS DEVEM LER ESSE RECADO**

**DESOBEDIÊNCIA RESULTARÁ EM AÇÃO DISCIPLINAR**

A Base Echo é agora a nossa casa. Gostaríamos de evitar repetir a evacuação de Yavin. Todos os funcionários devem ser diligentes ao seguir os protocolos de segurança para garantir a nossa sobrevivência.

- **Comunicações proibidas — nem de saída, nem de entrada —, por qualquer motivo.** Somente equipamento da base pode ser usado para mandar mensagens dentro do planeta. SOMENTE O CTO DA BASE ECHO TEM AUTORIZAÇÃO PARA ENVIAR TRANSMISSÕES DE LONGA DISTÂNCIA.
- **Abordagens irrestritas por hiperespaço proibidas.** Todo o tráfego de naves deve seguir a agenda de saltos randomizados coordenada pelo Alto Comando. Naves que chegarem com o vetor de abordagem errado serão marcadas como ameaças de nível vermelho.

Eu avisei Rieekan sobre isso. O droide-sonda deve ter vindo de algum lugar! Por que não havia assinatura de hiperespaço? Almirante Akbar

Reversão fora do sistema seguida por aproximação furtiva imitando um asteroide ou meteorito? -Statura

**AIRSPEEDER T-47:**
**CUSTOMIZAÇÃO SNOWSPEEDER DA BASE ECHO**

FABRICANTE: Corporação Incom
COMPRIMENTO: 5,3 metros
VELOCIDADE ATMOSFÉRICA: 650 km/h
TETO DE VOO: 175 metros

*NÃO, NÃO, O T-47 NÃO! POSSO PILOTAR QUALQUER COISA, MAS ISSO NÃO QUER DIZER QUE EU QUEIRA. PILOTAR O T-47 É COMO MANOBRAR UM BLOCO DE MADEIRA.*
*-POE*

- Canhão de laser
- Tanques de combustível dianteiros
- Entrada de ar na cabine
- Acoplamentos de energia
- Barbatanas de dispersão de calor
- Arpão e cabo de reboque

**REGISTRO DE PROBLEMAS: MODIFICAÇÕES PARA CLIMA FRIO**

OS COMPONENTES DO MOTOR DO T-47 NECESSITAM DE CICLO DE FLUIDOS RESFRIADORES PARA IMPEDIR O SUPERAQUECIMENTO, MAS A TEMPERATURA DE HOTH CONGELA O FLUIDO E IMPEDE A CIRCULAÇÃO.

**ENTRADA 1**

*CERTO, MAS O MOTOR CONTINUA SUPERAQUECENDO QUANDO EXPOSTO A TEMPERATURAS A CÉU ABERTO? MESMO SEM O CICLO DE RESFRIAMENTO, O AMBIENTE ABAIXO DE ZERO DEVERIA IMPEDIR O SUPERAQUECIMENTO.*

**ENTRADA 2**

*Sim, o motor superaquece mesmo assim, ou eu não colocaria o fato no registro de problemas. O revestimento da fiação dos repulsores é uma unidade selada. Fica quente lá dentro.*

**ENTRADA 3**

*ESQUEÇA O LÍQUIDO RESFRIADOR E TENTE ABRIR O REVESTIMENTO DA FIAÇÃO DOS REPULSORES.*

**ENTRADA 4**

*Então você quer congelar o motor? Só vai trocar um problema por outro, que é exatamente oposto.*

**ENTRADA 5**

*NÃO, PRIMEIRO ISOLE A FIAÇÃO COM SPRAY DE PLASTINE. DEPOIS, FAÇA UM BURACO NO REVESTIMENTO E INSIRA UM DEFLETOR PARA FLUXO DE AR MAIS INTENSO EM ALTAS VELOCIDADES, QUANDO O MOTOR ESTIVER SOBRECARREGADO.*

**ENTRADA 6**

*Vale a pena tentar. Só vou precisar de um piloto para teste.*

**ENTRADA 7**

*O HOBBIE TESTA. ELE SEMPRE TESTA. USE UM TRENÓ DE TAUNTAUNS PARA PUXAR O SPEEDER DE VOLTA, SE ELE BATER.*

## GENERAL RIEEKAN PARA COMANDANTE MOTHMA

Os relatórios dos nossos batedores não indicaram a presença de predadores em Hoth, mas algo vem atacando nosso estábulo. Manteremos você informada.

### ANÁLISE BIOLÓGICA
### UNIDADE: 2-1B, DROIDE MÉDICO E CIRÚRGICO
### AFILIAÇÃO: ALIANÇA REBELDE, BASE ECHO
### MODO: FORENSE

**OBJETO:** Tauntaun morto.

**OBJETIVO:** Determinar causa da morte e fornecer recomendações para impedir orgânicos de sofrerem o mesmo.

**ANÁLISE:** Manchas de sangue consideráveis.

- Três feridas distintas foram identificadas, entre 20 e 26 cm de comprimento. A profundidade das feridas indica que o(s) implemento(s) tinha(m) comprimento mínimo de 10 cm.
- Os ângulos das feridas indicam que o atacante era significativamente mais alto que um tauntaun, possivelmente bípede.
- Órgãos internos do tauntaun desapareceram. Presumivelmente comidos.

**CONCLUSÃO:** Se o predador consegue infligir esse nível de trauma num tauntaun, pode facilmente fazer o mesmo a um humano ou outro orgânico macio.

*Chewie e eu tivemos que lidar com esse problema logo de cara. Encontramos um jeito de trancafiar os wampas, para não ter que matá-los, mas duvido que teria funcionado se a Base Echo tivesse enfrentado uma incursão em conjunto de predadores. —Leia*

**DOCUMENTO CONFIDENCIAL — NÍVEL DE ACESSO:**

HARINAR/RIEEKAN PROG41499

**RI 119-X1**

**ANÁLISE DE DROIDES-SONDA**

**PARA: GEN. RIEEKAN**

**DE: MAJ. HARINAR**

QUANDO DISPARAMOS CONTRA ELES, JÁ É TARDE DEMAIS. OS ROBÔS-SONDA NÃO TÊM O MENOR SENSO DE AUTOPRESERVAÇÃO ALÉM DA FUNÇÃO DE MANDAR SUAS TRANSMISSÕES REVELADORAS PARA O SUBESPAÇO.
-POE

Recuperamos os destroços do droide-sonda do perímetro da zona 12.

Essa é a tática que a Primeira Ordem escolhe enfatizar? Droides-sonda se …rnavam um …orrecimento …anual para …s membros …a frota da …esistência.
-Holdo

## RELATÓRIO DE PATRULHA DE PERÍMETRO DA BASE ECHO

**Incidente N.:** C241-6501-7731

**Tipo de Incidente:** Suspeita de vigilância

**Local da ocorrência:** Zona 12

**Encontrado por:** Capitão Han Solo, Chewbacca (copiloto)

**Descrição da evidência:** Quando descoberto, o aparelho se autodestruiu. A explosão destruiu diversos componentes importantes, incluindo gravador de dados, processador central e transmissor. Fragmentos restantes indicam que era um droide--sonda Viper: fabricante Arakyd, número de modelo provavelmente entre X0037 e X0172.

A análise das peças e transmissões gravadas que vieram da unidade bastam para confirmar a afiliação do droide ao Império.

Sei o que isso implica, então não falo levianamente: a Base Echo está comprometida.

DOC #6522720-ALL

PARA: LEIA ORGANA
DE: GEN. RIEEKAN
ASS.: O QUE ACONTECE AGORA

DOCUMENTO OFICIAL

Princesa, temos poucas opções além de fugir. O Império logo chegará aqui.

Um bombardeio orbital é improvável, já que nosso escudo de energia é capaz de aguentar um ataque contínuo. Isso indica ataque em solo. Se eles seguirem o procedimento-padrão do Império, pousarão cavalaria armada ou tanques pesados fora do perímetro do escudo e procederão em terra até que os canhões de longo alcance possam mirar o gerador do escudo.

Quando ele for derrubado, começará o bombardeio orbital e/ou pouso de tropas.

*Quando escrevi isto, a frota imperial ainda não hav[ia] chegado. Muitos de nós esperavam que eles não viessem, que estivéssemos ficando preocupados à toa. Foi então que o Esquadrão Morte Imperial saltou para o Setor 4. —Le[ia]*

DOC #6824127-ALL

PARA: TODOS OS LÍDERES DA BASE ECHO
DE: LEIA ORGANA
ASS.: EVACUAÇÃO K-1-0: AÇÃO RETARDADA E PROCEDIMENTOS DE LANÇAMENTO

DOCUMENTO OFICIAL

PLANO K-1-0 ATIVADO A PARTIR DE AGORA.

**Pilotos:**
Grupos 7 e 10 vão operar os T-47 contra o ataque de solo imperial. Todos os outros pilotos se reunirão no lançamento de transporte do declive sul.

**Soldados:**
Tropas da Base Echo e militares da Aliança assumirão postos dentro da rede de trincheiras ao norte para operar as torres de defesa. Estações Echo 5-7 vão coordenar

CONTINUA

DOC #6824127-ALL

operações de campo. Marinheiros da Aliança e agentes das Forças Especiais escoltarão as equipes de transporte.

**Escudo:**

O escudo de energia da base será ativado ao primeiro sinal de perturbação hiperespacial e permanecerá em força total a partir desse ponto, com exceção dos lançadores de transportadoras, como descrito a seguir.

**Agenda de transporte:**

Assim que um capitão de transporte indicar que um veículo está lotado, o controle de evacuação da Base Echo dará permissão para lançamento. Dois caças estelares acompanharão cada transporte.

- Para dar passagem, o escudo de energia será baixado por poucos segundos, somente. Mantenham formação coesa e monitorem seus instrumentos com atenção.
- O controle de íons da Base Echo vai disparar vários raios ao longo do caminho de voo para desencorajar veículos imperiais de tomar vetores de interceptação. A escolta de caças estelares deve prover proteção adicional, conforme necessário.
- Assim que os transportadores e sua escolta passarem pelo cordão imperial, saltarão para o hiperespaço e seguirão instruções codificadas para o local de encontro da frota.

**Retirada final:**

Quando a maioria dos transportadores tiver sido lançada, o controle da Base Echo dará o sinal-código de evacuação. Todo o pessoal restante deverá retirar-se em ordem para o declive sul e partir de Hoth a bordo dos últimos caças estelares e transportadores.

Nós treinamos para isso. Estamos prontos. Estaremos juntos muito em breve.

Que a Força esteja conosco.

FIM DO DOCUMENTO

*Recebi o chamado, claro, mas não havia tempo suficiente para juntar a frota e chegar a Hoth. A evacuação em si ocorreu em questão de horas.*

*Almirante Ackbar*

ANTILLES/NA'AL PROG41620

**DOCUMENTO CONFIDENCIAL — NÍVEL DE ACESSO:**

**RI 087-R2**

**AÇÃO EM HOTH**

**PARA: ARQUIVISTA NA'AL**

**DE: TEN. ANTILLES (VERMELHO TRÊS)**

TIVE ESSA SENSAÇÃO. MAS ACEITAR TODOS ESSES FATOS E MESMO ASSIM VOAR DE ENCONTRO A PESADOS AT-ATS. OS ROGUE ERAM TÃO MALUCOS QUANTO TODO MUNDO FAL.
-POE

Honestamente, não estávamos prontos. Nossos snowspeeders T-47 não estavam equipados para enfrentar blindagem. Na verdade, não passavam de cargueiros turbinados. Tratava-se de AT-ATs da Força Blizzard, protegidos contra clima frio e vento, capazes de aguentar centenas de disparos.

No começo, achei que conseguiríamos causar algum estrago focando nos pontos fracos: o pescoço e os joelhos. Mas é difícil acertar alvos pequenos quando se está voando em meio a fogo cruzado.

Derrubar os andadores fazendo-os tropeçar foi algo que sempre debatemos, mas fazê-lo de fato foi admitir que nossas táticas primárias tinham falhado. Deixe-me explicar o que acontece numa derrubada bem-sucedida: um disparo de precisão (sem ajuda de um arpão traseiro) imediatamente seguido por uma curva fechada e previsível que expõe a nave para os canhões do inimigo.

Janson, meu atirador, conseguiu prender bem a perna do andador com o primeiro tiro. Impressionante. Mas, durante o meio minuto seguinte, tive que manter nosso speeder pendendo para o lado, e a velocidade constante para enrolarmos o cabo. Aberto demais, o cabo arrebentaria; perto demais, bateríamos numa das pernas. Se soltasse muito cedo, o andador se libertaria; se voasse por muito tempo, alguém meteria um raio na nossa fuselagem.

EXATAMENTE! UNS MALUCOS! -POE

Se o comandante do AT-AT não tivesse seguido adiante, talvez houvesse mantido o veículo de pé, mas, quando o corpo passou do ponto de tropeçar, a máquina toda tombou de queixo na neve.

Assim que caiu, a junta do pescoço ficou exposta! Uns poucos disparos na fiação aparente furaram o reator. O AT-AT explodiu antes que um único snowtrooper pudesse escapar pela escotilha.

Esse mesmo truque vai funcionar na próxima vez? Talvez não. Se o Império for esperto, vai instituir novos protocolos de combate, mas vou contabilizar nossas vitórias sempre que puder.

CONTINUA

**ASS.** **MANOBRA DE DERRUBADA DE AT-AT**

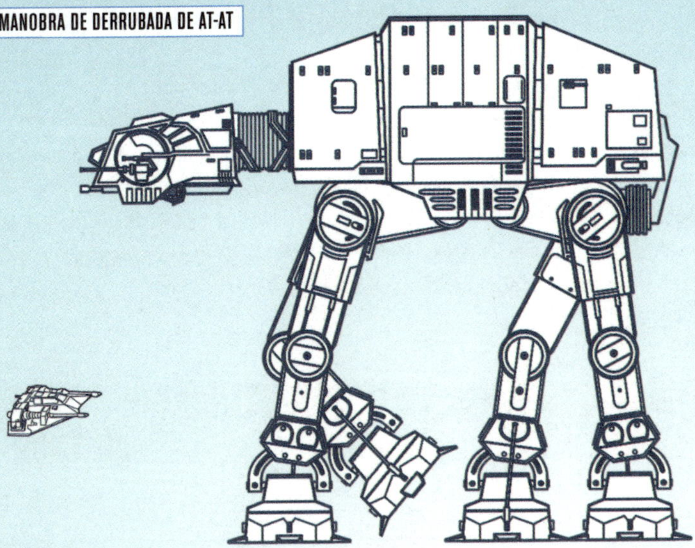

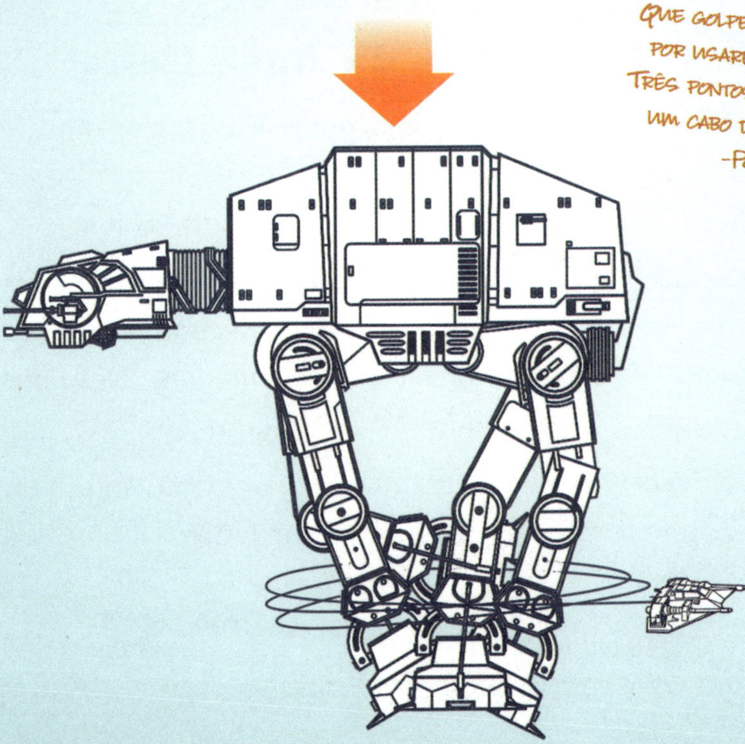

QUE GOLPE! DOIS PONTOS POR USAREM UM T-47. TRÊS PONTOS POR USAREM UM CABO DE REBOQUE!
-POE

**CARLIST RIEEKAN** PARA **MON MOTHMA**

Estávamos lá fazia menos de um mês. Tínhamos iniciado uma centena de pequenos projetos para tornar o ambiente hostil de Hoth um lugar em que pudéssemos viver, algo familiar. E de repente nada disso importa.

Por que o robô-sonda estava lá, afinal? Não vimos um rastreador ou nos deixamos ser seguidos? A Força tinha outros planos para nós naquele dia?

Eu não sei as respostas. Sei que salvamos vidas durante a retirada. Os mortos receberão as honras apropriadas.

---

IN MEMORIAM

# Às perdas da Base Echo

*Com muita tristeza, honramos a morte de nossos amigos e companheiros que se foram em serviço na Base Echo durante a evacuação de Hoth.*

*Todos os que pereceram tinham sido recentemente alocados no novo quartel-general e cumpriram seu dever perante uma oposição esmagadora. Devemos nossas vidas ao sacrifício deles.*

*Uma cerimônia ecumênica será realizada amanhã, no Hangar A, a bordo de* Lar Um, *às 11h00.*

MUITOS NOMES NÃO FORAM INCLUÍDOS NESSA CERIMÔNIA PORQUE NINGUÉM CONSEGUIU DETERMINAR SE ELES TINHAM MORRIDO EM HOTH OU SIDO MARCADOS POR EQUÍVOCO NOS REGISTROS.

– EMATT

**PARA:** Os povos livres da galáxia
**DE:** Mon Mothma, da Aliança Rebelde

A Rebelião não ganhou o dia em Hoth, isso é verdade. Eu valorizo demais os fatos para ludibriar vocês. Comparem isto ao que o Império alega, uma vitória sem precedentes que vai transformar a galáxia, e vocês se perguntarão: quem está dizendo a verdade?

A honestidade angaria convertidos? Agora que estou começando uma nova Resistência do nada, eu realmente torço para que sim.
— Leia

**FATO:**

A Aliança Rebelde evacuou o quartel-general em Hoth ao primeiro sinal dos atacantes imperiais. Embora tenhamos sofrido perdas, todos os membros do Alto Comando escaparam ilesos.

**FATO:**

A frota da Aliança, ausente em Hoth, está mais forte do que nunca. Desde então, tivemos vitórias contra o Império em Pyros e Mirrin Prime.

**FATO:**

Nossas fileiras continuam a crescer, conforme cada vez mais pessoas de mente aberta compreendem o vazio que é a ideologia imperial.

Lembrem-se: passar a vida toda servindo a um ditador beneficia somente ao ditador. Juntem-se a nós, a Aliança pela Restauração da República, onde todos têm voz.

## COMPNOR

PARA PUBLICAÇÃO IMEDIATA

### O IMPÉRIO PROSSEGUE EM MARCHA: TRIUNFO NA ORLA EXTERIOR BOTA OS REBELDES PARA CORRER

**Hoth** – Uma bola de gelo desolada no sul da Orla Exterior foi o local da mais recente vitória do Império, onde forças militares sob o comando de Lorde Darth Vader aniquilaram um ninho rebelde e exterminaram líderes importantes da insurgência.

"Após fugir perante o avanço do Império pela Orla Média, os rebeldes buscaram refúgio num hostil mundo congelado", exultou Yupe Tashu, conselheiro do imperador. "Nem mesmo lá eles puderam escapar da justiça."

Um esforço militar combinado pegou os rebeldes em cheio após a aparição-surpresa do Império a partir do hiperespaço. Enquanto o inimigo fugia, em pânico, os tenazes profissionais da Força Blizzard do Exército Imperial assolaram os pobres defensores.

Acredita-se que alguns dos criminosos mais procurados do Império, incluindo a princesa Leia Organa, de Alderaan, estivessem presentes no confronto. Suas mortes ainda não foram confirmadas, mas os comandantes imperiais estão justificadamente celebrando esse incrível golpe contra aqueles que desejam minar a segurança da galáxia.

Mon Mothma

MINISTRO DE FINANÇAS DA ALIANÇA

Deixe-me dizer algo de antemão: eu sou muito grato, é claro, pelo sacrifício daqueles que pereceram em Hoth.

Dito isso, devo chamar a sua atenção para o canhão de íons Planeta Defensor V-150 EK que deixamos para trás. Essa arma teve um valor de crédito significativo, especificamente 978.900 (contando com a desvalorização).

Quantas vezes nós a usamos? Uma dúzia? A Aliança vai autorizar gastos de 81.000 créditos por disparo?

Não estou contestando a decisão de deixá-la para trás; estou questionando a sanidade fiscal daqueles que acharam que devíamos tê-la instalado, para começar. Não era modular; não era móvel. Nossos engenheiros passaram um mês esvaziando uma câmara de gelo para acomodar os conjuntos de capacitores dela. Isso foi um gasto adicional que eu ainda nem contabilizei.

CONTINUA

Não quero jogar um balde de água fria nas boas notícias recentes, mas a captura de quatro transportadores lotados no sistema Pyros quase não basta para equilibrar as contas, considerando quão insubstituíveis são os recursos perdidos.

Essa imprudência tem que parar! Nossas reservas estão se esgotando. Nossa liquidez depende inteiramente de empréstimos. Eu não deveria precisar informá-los de que a boa vontade dos credores é algo muito frágil.

Foi recuperado? O canhão de íons? -Holdo

Atenciosamente,

*Senador Nower Jebel*

Senador Nower Jebel

MINISTRO DE FINANÇAS DA ALIANÇA

Em algum momento depois de Endor, creio eu. Mas a exposição a Hoth tinha destroçado o seu interior. -Leia

DOC #6855326-ALL

**PARA: TODOS OS COMANDANTES DE FROTA**

**DE: ALTE. ACKBAR**

**ASS.: COORDENADAS DO PONTO DE ENCONTRO MÓVEL E PROTOCOLO DE SALTO**

**DOCUMENTO OFICIAL**

Para reduzir queima de combustível e maximizar a segurança operacional, a frota da Aliança passará para uma agenda de saltos a cada dois ciclos.

As coordenadas de salto para o ponto de encontro serão transmitidas de *Lar Um* para naves próximas da nossa frota. Dali, serão retransmitidas para os postos, naves e agentes de Inteligência por toda a galáxia, usando protocolos de codificação regional e temporal.

Qualquer nave que chegue ao ponto de encontro, mas não emerja do hiperespaço no vetor de reversão correto será alvo de todos os atiradores da frota.

Favor garantir a execução de cada protocolo de ponto de encontro até o último detalhe. Do contrário, não podemos nos responsabilizar pela sua vaporização.

Não me arrependo nem um pouco disso. Poderíamos usar essa abordagem hoje, mostrando a esses pilotos novos que não estamos para brincadeira. -Almirante Ackbar

COM TURBOLASERS? SINCERAMENTE, ACHO UM AVISO VERBAL JÁ SERVIRIA PARA ENTENDERMOS O RECADO. -POE

*Esta arte inacabada é um lembrete severo do destino de Hendri e desta compilação.*

*— Leia*

**NÍVEL/CATEGORIA PRINCIPAL**

# CRONO DA ALIANÇA 4

**RESUMO:**

## Contra-ataque

*Hendri Underholt*

ARQUIVISTA

DATA-PADRÃO: 22 DFI

(DEPOIS DA FORMAÇÃO DO IMPÉRIO)

CONTEÚDO ATIVO E EM ANDAMENTO

MOTHMA/REGISTRO DIÁRIO

SOB MINHAS ORDENS, A ALIANÇA PERMANECEU EM MOVIMENTO DESDE A EVACUAÇÃO DA BASE ECHO. NÃO PODEMOS NOS DAR O LUXO DE PERDER MAIS POSIÇÕES OU CORRER O RISCO DE TER COMANDANTES CAPTURADOS, E CERTAMENTE NÃO PODEMOS ENTREGAR AO IMPÉRIO MAIS UMA VITÓRIA PARA PROPAGANDA, COMO EM HOTH.

FICAMOS MAIS SEGUROS EM MOVIMENTO. MAS, QUANDO ESTAMOS INVISÍVEIS AO IMPÉRIO, NOSSOS ALIADOS TAMBÉM NÃO NOS ENXERGAM. SE A GALÁXIA NÃO VIR ATITUDES OUSADAS DA PARTE DA ALIANÇA, SEUS CIDADÃOS DEPOSITARÃO SUAS ESPERANÇAS EM OUTROS.

SOMOS A ALIANÇA PELA RESTAURAÇÃO DA REPÚBLICA. JAMAIS ALCANÇAREMOS ESSE OBJETIVO SE CONTINUARMOS RECUANDO DOS CENTROS DE PODER.

É incrível como um único planeta pode fornecer legitimação mesmo que milhares de mundos tenham sido dominados antes da conquista

# REDE RAINHA DO NÚCLEO

NOTÍCIAS DA NOVA ORDEM

## Seria o fim da Aliança?

**Por Tracene Kane**

**Cidade Imperial, Coruscant** — A Aliança Rebelde não tem muito tempo pela frente. É essa a imagem atormentadora que pinta o conselheiro imperial sênior Mas Amedda em declarações exclusivas feitas à Rede Rainha do Núcleo. Os comentários de Amedda foram feitos durante o segundo dia da reunião anual de cúpula, no palácio imperial.

"A liderança deles está destruída", confirmou Amedda, enquanto criados limpavam pratos de pimentas Bellassanas frescas. "Metade deles mal pode esperar para entregar a outra metade pelo dinheiro da recompensa. E a frota está desperdiçando combustível de maneira imprudente."

Aproximando-se, Amedda acrescentou: "Basta soprarmos para que a rebelião desabe em ruínas".

Fofocas vazias disfarçadas de informação genuína. Não importa qual governo controle a galáxia, esse problema nunca deixa de existir.

— Holdo

RI 021-CT7

## PROPOSTA DE CONTRA-ATAQUE: ESTALEIROS DE PROPULSORES DE KUAT (OPERAÇÃO FURA-BLOQUEIO)

PARA: CMD. MOTHMA

DE: ALTE. ACKBAR

Comandante, um contra-ataque de grande escala é imperativo para reverter nosso fluxo. O domínio da galáxia se constrói com poder naval. Embora o Império seja maior em número, temos a chance de envenenar os ninhos deles.

A Operação Fura-Bloqueio foi criada pela Inteligência da Aliança. Seu objetivo é desativar os estaleiros navais de Kuat — uma fortaleza militar de suma importância no Núcleo Imperial. A Operação Fura-Bloqueio seria uma sucessão de ataques coordenados, cada um pensado para drenar as defesas de Kuat, que lançará naves de combate em resposta.

Quando as defesas no setor forem forçadas ao máximo, nós atacaremos com forças navais e de infantaria, rompendo comunicações e infligindo danos catastróficos para os centros de fabricação.

Não posso falar sobre os detalhes da sabotagem industrial, posto que essa é a área de Madine, mas, como comandante naval, posso garantir que nada prejudicaria mais o Império do que dezenas de megaplantas afetadas, soltando gás superaquecido no espaço.

Foi um ataque brilhantemente planejado, minado por perigos não detectáveis! Se tivéssemos chegado a Kuat, teríamos avançado um ano na guerra.
Almirante Ackbar

Certamente seria preciso passar muitos meses para sentirmos as repercussões da diminuição da produção.
-Statura

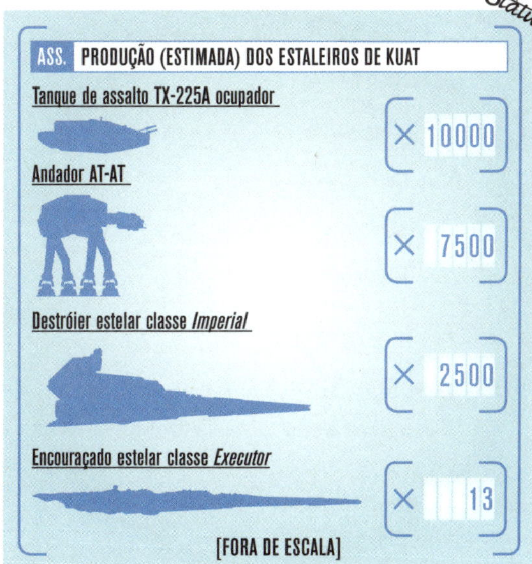

DOCUMENTO CONFIDENCIAL — NÍVEL DE ACESSO:

MADINE/ACKBAR PROG41821

RI 045-CT7

OPERAÇÃO FURA-BLOQUEIO FASE 1

PARA: ALTE. ACKBAR

DE: GEN. MADINE

## VISÃO GERAL – FASE 1

Esgotar as defesas de Kuat por meio de ataques concentrados nas dependências imperiais.

Cada um dos locais a seguir produz minérios raros, polímeros de blindagem ou outro recurso bélico. Destruí-los também avançará nosso objetivo secundário, de impedir a cadeia de abastecimento.

Forças da Aliança lideradas pela 61ª Infantaria Móvel tomarão os seguintes alvos, em sucessão:

- Mardona III
- Lua de Obumubo
- Os estaleiros de Najan-Rovi
- Nakadia
- Naator
- Xagobah
- Kuliquo
- Inyusu Tor, em Sullust
- Malastare

A maioria destes está sob controle da Nova República, mas, desde o desarmamento, poucos estão de fato produzindo algo que possamos usar. –Holdo

## FASE 2 E ALÉM

A Operação Fura-Bloqueio culminará na sabotagem da EPK. Ver documentação anexada referente às suas operações e estatísticas acerca da capacidade dos estaleiros e produção.

Um plano de batalha completo da Aliança para o ataque em Kuat está por vir.

DOC #7122423-ALL

PARA: CMD. MOTHMA

DE: GEN. MADINE

ASS.: INCAPACITAÇÃO DO ESTALEIRO

DOCUMENTO OFICIAL

Com a Operação Fura-Bloqueio atingindo sucesso inicial, sinto que nosso ângulo atual de ataque poderia nos fornecer um caminho mais amplo para a vitória. Este mapa mostra a localização de outros estaleiros e docas importantes para o Império, bem como centros-chave de mineração de metais e minérios. Após tomarmos Kuat, estes deveriam ser nossos próximos alvos.

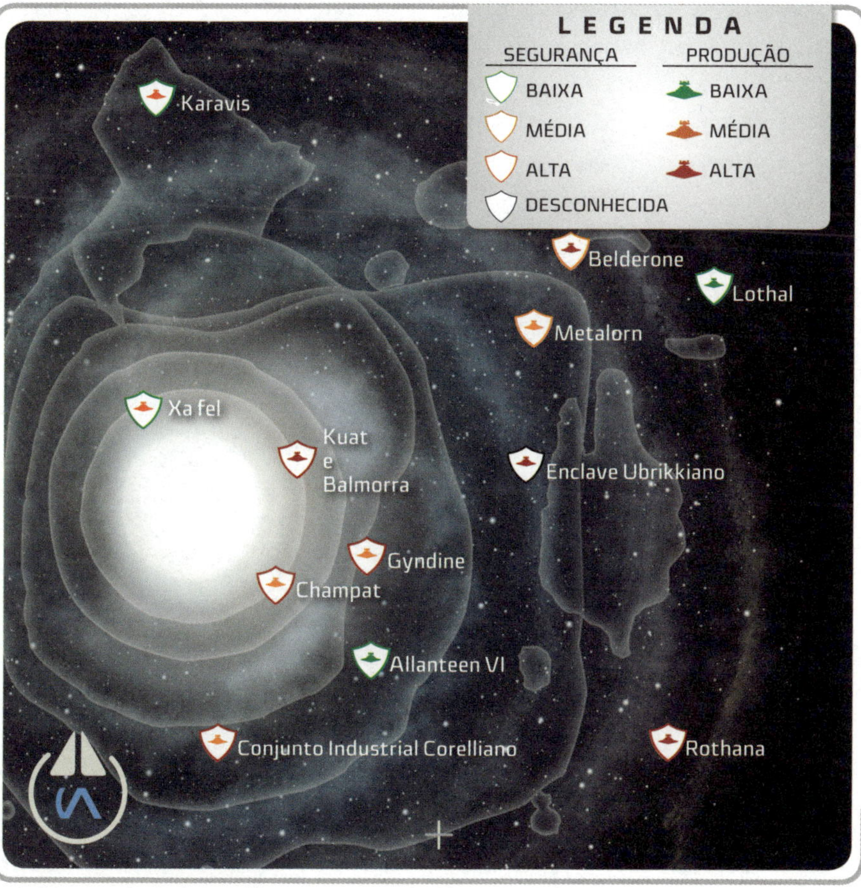

DOC #7137552-ALL

**PARA: CMD. MOTHMA**

**DE: GEN. MADINE**

**ASS.: CONFRONTO EM SULLUST (OPERAÇÃO FURA-BLOQUEIO)**

**DOCUMENTO OFICIAL**

Sinto informar que a Operação Fura-Bloqueio estancou em Sullust. Nossas forças de solo relataram um feroz contra-ataque imperial. No momento, eles estão sob cerco prolongado no complexo de refinarias de Inyusu Tor.

Daremos apoio e buscaremos a evacuação, se for necessário. Porém, esse problema em Sullust rompeu nosso dinamismo. Kuat receberá nova remessa de suprimentos antes que possamos iniciar o próximo ataque. Nossa oportunidade se foi. A fase final da Operação Fura-Bloqueio foi impossibilitada.

> FUI A SULLUST DURANTE OS ESTÁGIOS FINAIS DESSE CERCO, PARA AJUDAR A RESISTÊNCIA DOS NATIVOS. PELO QUE ME LEMBRO, A COMPANHIA CREPÚSCULO JÁ TINHA CONTROLADO BEM A SITUAÇÃO.
> - E.MATT

A luta em Kuat não chegou a acontecer, mas cancelar a Operação Fura-Bloqueio foi como uma derrota pessoal para mim. Se ao menos nós soubéssemos mais sobre a força do Império perto de Sullust, teríamos nos preparado melhor para ela. Talvez isso tivesse impedido nossa campanha de tropeçar nos próprios pés.

Sempre acreditei que a Aliança se sai melhor quando pende para a diplomacia e o diálogo em vez do heroísmo militar. A deserção em Haidoral Prime e o vazamento de Galen Erso — estes são apenas dois exemplos de como podemos nos colocar em pé de igualdade quando enfrentando um imenso inimigo.

Aqui, pelo menos, estou disposta a admitir — não gosto muito de trabalhar com Inteligência. Dinossauros de guerra como Draven têm um pragmatismo moral frio que podem usar para justificar qualquer crime.

*O pior perigo numa democracia nem sempre são seus inimigos. Pode vir de dentro, quando você escolhe calculismo moral numa escala contínua. —Leia*

Felizmente, Airen Cracken é uma exceção. Conheço-o desde os primeiros dias. Eu respeito seu conforto em contemplar os próprios limites. Ele não tem medo de me dizer quando acha nossa Inteligência equivocada, e sinto que é isso que está acontecendo agora.

Não lançarei mais uma campanha em Kuat com base em dados incompletos. Precisamos colocar mais espiões no Império. Por anos confiamos em contatos no espaço Hutt, e, no entanto, mal recorremos a outros negociantes de informação da galáxia — os Obroanos, ou os Bothanos, por exemplo.

Isso muda hoje. Precisamos ampliar o leque de informantes e aguçar as ferramentas de nossa investigação. Mesmo que tenhamos que abrir a carteira e contratar espiões.

DOC #72388854-ALL

**PARA: CMD. MOTHMA**

**DE: GEN. MADINE**

**ASS.: BOTHANOS**

**DOCUMENTO OFICIAL**

Você ficará feliz em saber que os Bothanos concordaram com a operação de Inteligência sobre a qual discutimos.

Eu não discordo da decisão de alistar agentes externos para a Inteligência, principalmente considerando a destruição que Tagge causou no submundo e os escombros largados no caminho durante nossa retirada da Orla Média. Contudo, devemos ser cautelosos. Não podemos verificar informações que não controlamos.

*NA ÉPOCA, MINHA UNIDADE ESTAVA TENTANDO ARRANCAR INFORMAÇÕE DOS EXPLORADORES DEVARONIANOS. FOMOS TIRADOS DA MISS QUANDO FECHARAM NEGÓCIO COM OS BOTHANOS. – EMATT*

## MON MOTHMA PARA GENERAL MADINE

Entendo as suas preocupações, mas não teremos outra Scarif de graça. O golpe de Inteligência que culminou na Batalha de Yavin foi a única coisa que nos manteve no jogo. Sem isso, a Aliança teria permanecido ignorante até o final.

## GENERAL MADINE PARA MON MOTHMA

Eu sei. Eu estava lá. Mas a Aliança pode ser igualmente prejudicada por abordar de cabeça qualquer falso positivo.

## MON MOTHMA PARA GENERAL MADINE

Precisamos tomar alguma atitude se quisermos pôr fim a esta guerra. Trabalhe com os Bothanos, general. Sua primeira tarefa será verificar os rumores oriundos do setor Moddell. Eu autorizo os gastos.

## ATENÇÃO, TODA A FROTA E COMANDANTES DE GUARNIÇÃO

PRIMEIRO-TENENTE EDWIG EM NOME DE ALMIRANTE PIETT, COMANDO DE FROTA

### ALERTA

O inimigo está provavelmente espionando seu setor ou sobressetor. A Inteligência Imperial lançou um aviso válido sobre uma ação rebelde infiltrada. Em resposta, todas as categorias de segurança de informação devem ser elevadas em um nível completo.

**ATUALMENTE EM RISCO:**

- Movimentos de frota
- Agenda de carregamentos
- Manifestos de carregamentos
- Comunicações de setor
- Postagens de agentes
- Senhas de comando
- Cadeias de quebra de código

**ATENTE PARA:**

- Negociantes de dados afiliados a guildas ou independentes
- Infochats locais em nível urbano ou planetário
- Agentes da Rede de Espionagem Bothana
- Membros da espécie Columi
- Comerciantes Herglic
- Todo e qualquer ciborgue craniano
- Agentes rebeldes conhecidos
- Supostos agentes rebeldes
- Agentes rebeldes em potencial

Seu contato do DSI terá informação mais detalhada e fornecerá instruções adicionais.

TRANSMISSÃO INTERCEPTADA

FIM DA TRANSMISSÃO

Um efeito colateral infeliz: as mortes dos Bothanos nos impediram de investigar a origem e a viabilidade dos dados. —Leia

DOC #7325162-ALL

PARA: CMD. MOTHMA

DE: GEN. CRACKEN

ASS.: OPERAÇÃO DE INTELIGÊNCIA EM BOTHAN: PROSSEGUIMENTO

DOCUMENTO OFICIAL

A missão em Bothan gerou grande perda de vidas. A equipe de Madine está avaliando a cadeia de eventos para ver o que deu errado. Apesar de tudo, conseguimos a informação que queríamos. Mas a um custo muito alto.

Delto e Weems estão com suas equipes analisando os dados neste momento. Parece que acertamos ao escolher o setor Moddell. A construção de uma megaestrutura imperial está ocorrendo no setor, numa lua remota chamada Endor (um ímã de destroços e exílio distante para viajantes antigos). Definitivamente, uma estação de batalha, embora eu prefira deixar que os técnicos confirmem se é o que penso que é.

E há mais uma coisa, ainda pior: Endor parece ser um centro de comando. O SDE Executor é um visitante frequente, o que significa que Vader e o almirante de frota Piett provavelmente estão lá também. E parece que o imperador Palpatine pode visitar Endor, supervisionando pessoalmente a fase final da construção da estação de batalha.

Segue o que sabemos sobre o agente a cargo da estação de batalha — o que não é muito, ainda.

1

NOME:

**Jerjerrod, Tiaan**

**CARGO:** Almirante, moff
**PLANETA-NATAL:** Tinnel IV
**ALTURA:** 1,70 metro
**PESO:** 75 kg
**IDADE:** 39 anos-padrão
**ASSOCIAÇÕES:** COMPNOR, Foguetes do Imperador, Mantenha o Núcleo Seguro, Sociedade Taung & Zhell (Universidade de Coruscant)

DOCUMENTO CONFIDENCIAL — NÍVEL DE ACESSO:

MADINE/MOTHMA PROG42000

**RI 033-X4**

**ESTRELA DA MORTE II**

**PARA: CMD. MOTHMA**

**DE: GEN. MADINE**

Eis o que decodificamos dos dados dos Bothanos até agora. Trata-se de outra Estrela da Morte, disso não há dúvida. Ganhando forma em Endor, a sudeste da Orla, setor Moddell. Ver relatório anexado do Cel. Delto, da Inteligência.

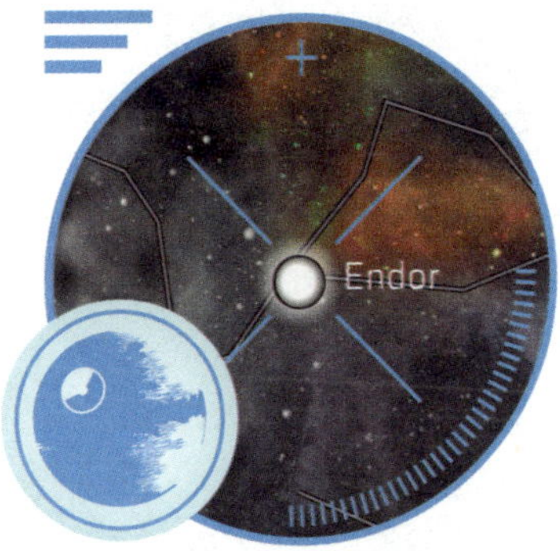


Não sabemos quando eles começaram, mas, se a telemetria estiver correta, definitivamente estão trabalhando nisso. Devemos atacar agora. Eu vi a lista de planetas marcados como candidatos a “supressão de sedição”. Se deixarmos o Império concluir essa superarma, será o mesmo que nos rendermos.

### CEL. DELTO PARA GEN. MADINE

General, veja os dados coletados. É uma Estrela da Morte maior e mais poderosa. Sempre esperamos que o Império viesse a construir outra, e que consertariam a falha de Galen Erso quando o fizessem.

Mas essa segunda Estrela da Morte ainda não está terminada! Olhe para ela, toda irregular e torta. Uma Estrela da Morte semiconstruída está praticamente nua!

Explicando: reatores de hipermatéria têm uma natureza vulnerável. Se não houver uma cápsula de quadânio a vácuo envolvendo o reator (essa estrutura é basicamente isso), nossos caças estelares podem voar a uma distância segura para atirar torpedos e começar a brincadeira.

Dessa vez não precisamos de uma falha de Erso – não quando as vísceras estão ali, postas à mesa! Não temos que fazer mais um disparo milagroso. Basta seguir até o reator e golpeá-lo.

CONTINUA

CONTINUA

MADINE/MOTHMA PROG42000

EU LI A RESPEITO, E NÃO FOI TÃO FÁCIL ASSIM! O REATOR NÃO ESTAVA EXPOSTO, AINDA QUE A SUPERESTRUTURA NÃO ESTIVESSE PRONTA. TRATAVA-SE DE PERCORRER QUILÔMETROS POR ENCANAMENTOS ESTREITOS.
-POE

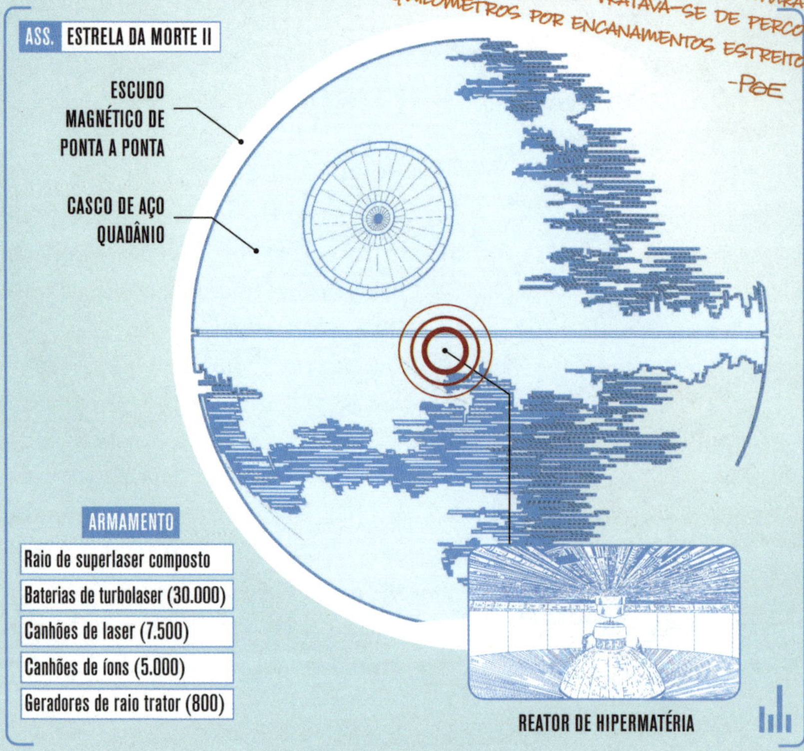


FIM

FIM DO DOCUMENTO

ORGANA/MOTHMA PROG42009

**DOCUMENTO CONFIDENCIAL — NÍVEL DE ACESSO:**

**RI 021-D08**

**OPERAÇÃO LUA AMARELA**

**PARA: MON MOTHMA**

**DE: LEIA ORGANA**

Como discutimos na reunião de comando em Zastiga, eu liderarei a expedição no setor Corva para distrair o Império, no que concordamos chamar de “Operação Lua Amarela”.

CONTINUA

ORGANA/MOTHMA PROG42009

**Visão geral:**

- Equipe rebelde colocará sinalizadores em diversos locais (Bastille, Sessid, Juresh) no setor Corva
- Sinalizadores transmitirão uma mensagem codificada convocando as forças da Aliança para se reunirem na Lua Amarela, no sistema Galaan
- A mensagem empregará um código obsoleto da Aliança, que sabemos já ter sido quebrado pela Inteligência do Império

Eu entendo o raciocínio que embasa essa operação. Precisamos desviar a atenção de nossos preparativos no setor Moddell, e, para tanto, o Império precisa acreditar que nossos projetos no setor Corva são legítimos.

No entanto, nossas forças em Corva não sabem que é um estratagema. Eles de fato irão para a Lua Amarela, e o Império estará à espera. Estamos pedindo a nossos aliados que se joguem numa armadilha.

FIM DO DOCUMENTO

*Questionei isso na época, mas, agora, tendo passado alguns anos, entendo o fardo que é comandar. Já estive disposta a dar uma ordem que eu mesma não executaria.*

*— Leia*

**MON MOTHMA PARA LEIA ORGANA**

Sinto muito que tenha de ser assim. Não quis entrar nos detalhes em Zastiga, mas Mon Cala e Chandrila são os candidatos principais na lista interceptada de alvos para aniquilação planetária. Já perdemos um mundo. Alguns de nossos colegas rebeldes podem morrer, mas estou tentando salvar bilhões.

DOC #7315582-ALL

**PARA: CMD. MOTHMA**

**DE: ALTE. ACKBAR**

**ASS.: NAVEGAÇÃO HIPERESPACIAL NO SETOR MODDELL**

**DOCUMENTO OFICIAL**

Você sabe que nossa frota não pode saltar para onde quiser. Devemos respeitar as limitações da física hiperespacial.

O relatório a seguir, de um de nossos batedores da Orla, ilustra esse problema. Sem uma chegada exata em Endor, nós perderemos a vantagem da surpresa.

CONTINUA

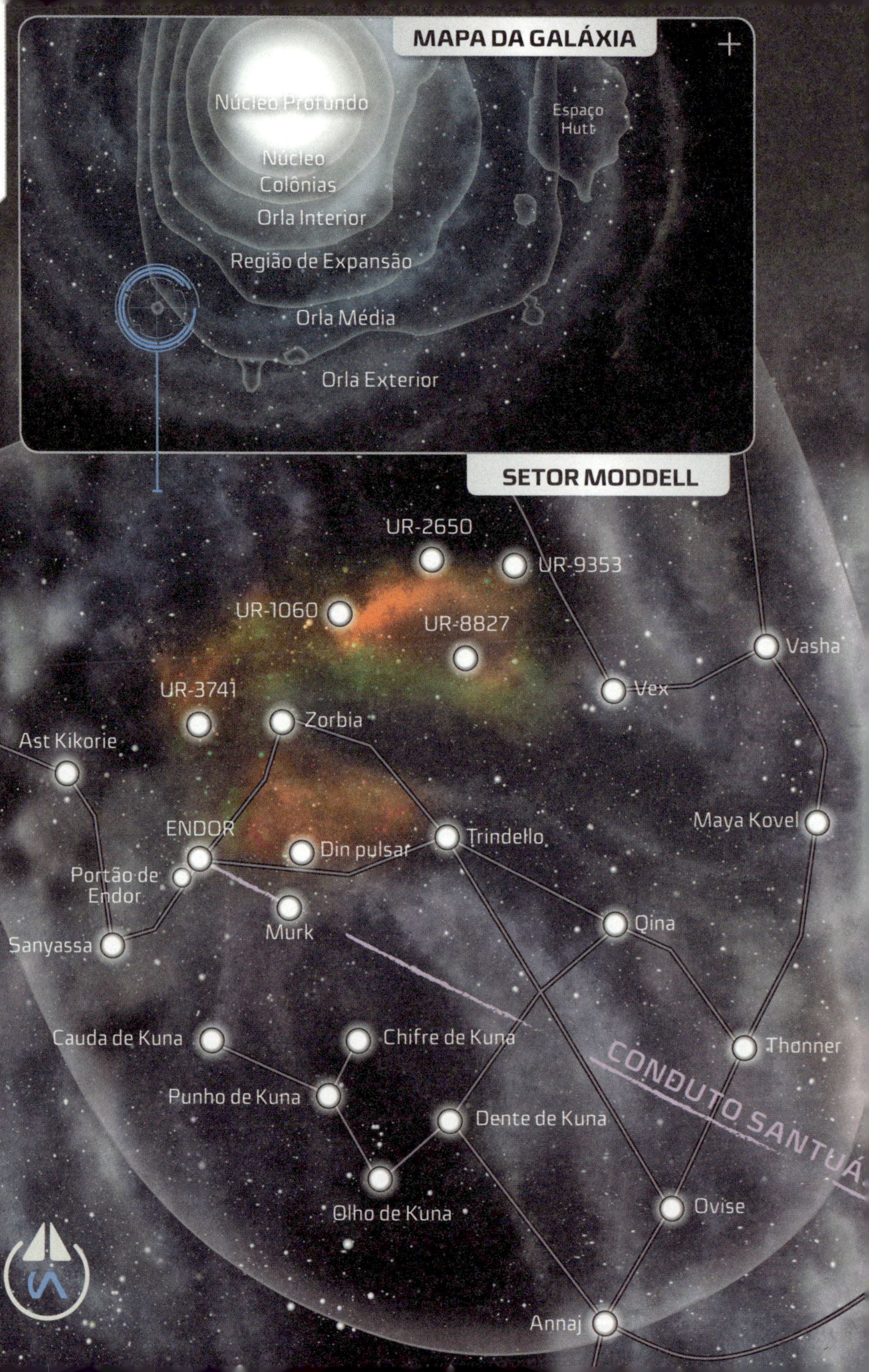
MAPA DA GALÁXIA
Núcleo Profundo
Núcleo
Colônias
Orla Interior
Região de Expansão
Orla Média
Orla Exterior
Espaço Hutt
SETOR MODDELL
UR-2650
UR-9353
UR-1060
UR-8827
Vasha
Vex
UR-3741
Zorbia
Ast Kikorie
ENDOR
Din pulsar
Trindello
Maya Kovel
Portão de Endor
Murk
Qina
Sanyassa
Cauda de Kuna
Chifre de Kuna
Thonner
CONDUTO SANTUÁ
Punho de Kuna
Dente de Kuna
Olho de Kuna
Ovise
Annaj

DOC #7315582-ALL

**NAVEGAÇÃO DO SETOR MODDELL**

**RELATÓRIO ESPECIAL, CONFORME REQUERIDO**

**ENVIADO POR: Cb. Ractivelle, unidade Stardust, Forças Especiais da Aliança**

O Império não podia ter escolhido um buraco mais complicado. Eu conheço o terreno hiperespacial perto da costura sul melhor do que qualquer um, e é admirável que os batedores imperiais tenham conseguido chegar de fato a Endor. Não me pergunte como uma equipe de construção imperial os acompanhou, nem como eles conseguem ficar afunilando suprimento dia após dia.

O jeito mais fácil de nossa frota entrar no setor Moddell é pela Rota de Comércio Spar, mas ela termina em Annaj, onde um sentinela imperial com certeza estará vigiando o ponto de reversão. O Corredor Hounche leva pelo resto do caminho, até o acesso complexo que leva para além de Monsua e a Din Nebula.

Se estiverem planejando um ataque-surpresa, esqueçam. A travessia em Moddell é muito vagarosa. Vocês serão avistados, eu garanto. *A Aliança se aproveitou desse mesmo tipo de área inóspita no hiperespaço ao estabilizar mundos seguros e esconderijos de suprimento. Útil para não ter que entrar e sair às pressas. —Holdo*

FIM DO DOCUMENTO

**DOCUMENTO CONFIDENCIAL — NÍVEL DE ACESSO:**

HARINAR/MADINE PROG42087

**RI 036-SP16**

**ATUALIZAÇÃO HIPERESPACIAL: DIRETO DE SULLUST**

**PARA: GEN. MADINE**

**DE: MAJ. HARINAR**

Veja a linha neste mapa. Rápida, tranquila e direta. Isto é o que o Império tem chamado de Conduto Santuário.

Ele vai direto de Sullust, em Rimma, para Endor, em Moddell. É assim que o Império tem viajado. Foi assim que enviaram milhares de barcas de carga para uma área de construção sem que nossos agentes em Annaj vissem qualquer coisa.

CONTINUA

HARINAR/MADINE PROG42087

Como essa rota não está nos mapas, você pergunta? Ah, é por isso que quem escreve este relatório sou eu, não um viajante qualquer. Trata-se de tecnologia, meu caro general!

Veja, existia uma hiper-rota ali, mas a deriva galáctica a tirou do alinhamento. O desvio gravitacional é corrigível pela tecnologia para quem tem os bolsos cheios de dinheiro, com propulsores de filamento-S para erguer uma hiper-rota desabada, contanto que se saiba onde colocá-los. Minha equipe acredita que foi exatamente isso que o Império fez com o Conduto Santuário.

Agora que temos as coordenadas, podemos aproveitá-la também. Pense só: os imperiais esperando por outra chegada de suprimentos, e lá vem a frota Rebelde bater à sua porta em vez disso. Que surpresa terão!

*Será que a Primeira Ordem es usando es tecnologia agora? Ainda temos que descobrir com eles andam navegando pelas Regiões Desconhecidas. -Statur*

FIM DO DOCUMENTO

DOC #7244566-ALL

**PARA: CMD. MOTHMA**

**DE: ALTE. ACKBAR**

**ASS.: ÁREA DE REABASTECIMENTO DA FROTA**

**DOCUMENTO OFICIAL**

À luz da descoberta da Harinar, Sullust é a única área aceitável para o reabastecimento da frota. Devemos partir de lá se quisermos viajar pelo Conduto Santuário, no entanto um ponto de encontro como esse não deve trair nossas intenções. Já atacamos Sullust uma vez, durante a Operação Fura-Bloqueio, e é totalmente possível que possamos retornar para outro combate.

Assim que a Estrela da Morte for destruída, a frota retornará para libertar Sullust. Pode dizer ao conselheiro Tevv que eu dou minha palavra.

*E o fizemos, embora tenha levado meses, em vez de dias. Quando a luta terminou, Mon Mothma e eu acompanhamos Sian Tevv até o centro de governo, para a cerimônia de inauguração.*

*Almirante Ackbar*

## CRACKEN PARA MON MOTHMA

Já vimos esse tipo de comportamento da parte de Leia Organa. Lembra-se de quando ela ignorou a quarentena de Dodonna em Yavin 4 para resgatar sobreviventes de Alderaan?

E, mais recentemente, a general também prejudicou a Operação Lua Amarela ao contatar os rebeldes que responderam aos sinais para a operação no setor Corva. Sim, ela teve sucesso (eliminando um Destróier Estelar e capturando um transportador imperial). Porém, não podemos conceder tanta liberdade a um elemento imprevisível dentro da organização.

No meu ponto de vista, as preocupações de Draven são válidas.

DOC #7311541-ALL

**PARA: GEN. CRACKEN**
**DE: GEN. DRAVEN**
**ASS.: EXTRAÇÃO DE HAN SOLO DE TATOOINE: MISSÃO NÃO ESTÁ ATIVA**

A princesa está conduzindo uma operação própria?

Não me leve a mal, eu sinto muito por termos perdido Solo também. Mas temos de saber o momento certo de seguir em frente. Fett é um dos melhores caçadores de recompensa da galáxia, e Jabba é intocável. E congelamento por carbono? As taxas de sobrevivência são baixas, mesmo nas melhores hipóteses, e uma refinaria de gás industrial provavelmente não oferece tais condições.

Deixei tudo isso bem claro em minhas respostas, e, no entanto, meu departamento continua fazendo relatórios para Leia Organa. Alguns pedidos que chegaram esta manhã:

- Arquivos dos aspectos arquitetônicos do palácio de Jabba, com a Autoridade de Planejamento Territorial de Mos Eisley
- Descrições de testemunhas do interior do palácio, coletadas pela Tac-Comm, de entrevistas com músicos e artistas (checar “Rystall” e “Rappertunie”)
- Dossiês sobre cortesãs ilustres e seguidores da corte de Jabba (o maior arquivo é Ephant Mon, 22 biografias parciais)

CONTINUA

- Registro dos movimentos de Jabba, incluindo viagens para extramundos e passeios recreativos ao Mar das Dunas de Tatooine, durante os últimos dezoito meses
- Projeto do LO-KD57, das Indústrias Ubrikkianas (modelo da barca de luxo de Jabba)
- Texto integral do *Livro de frases fáceis em Ubese*, de Ebenn Q3 Baobab

Não posso negar um pedido de um membro sênior do comando da Aliança, mas não estou disposto a enviar meus agentes numa missão suicida. Leia Organa não pediu isso, tampouco solicitou a Onoran que mandasse alguém das Forças Especiais.

Por isso, repito a pergunta: a princesa está conduzindo uma operação própria?

FIM

## CRACKEN PARA MON MOTHMA

Vou encaminhar esta também. Receio que tenha relação.

Devo perguntar. Skywalker está trabalhando com a princesa numa missão de resgate? Não posso condená-los por quererem resgatar um amigo, mas você sabe que a Inteligência não reage bem quando é mantida desinformada.

DOC #7325662-ALL

**PARA: GEN. DODONNA, COMANDO DE CAÇAS ESTELARES**
**DE: CMD. ANTILLES, LÍDER ROGUE**
**ASS.: COMANDANTE SKYWALKER**

General, continuarei sendo comandante do Esquadrão Rogue pelo futuro próximo. O comandante Skywalker pretende estender sua licença para se concentrar em questões pessoais.

Dúvidas adicionais referentes a essa questão devem ser direcionadas ao comandante Skywalker. Como você pode imaginar, a agenda de missões futuras do Esquadrão Rogue demanda minha total atenção.

**HENDRI UNDERHOLT**

É como suspeitávamos. Leia e Chewbacca estão com a Falcon, em Tatooine, mas ainda não estão prontos para agir.

**MON MOTHMA**

O raciocínio dela por trás disso é totalmente enigmático. Ela não nos contou nada.

**HENDRI UNDERHOLT**

Só temos que deixar os canais abertos. E também fazer com que especialistas bem-intencionados parem de confundir as coisas. Quanto ao resto . . . temos que confiar nela.

**MON MOTHMA**

Cada nervo meu grita para que enviemos a frota.

## INFORREDE DO CYNABAR

*Sempre Aposte na Grande CYN*

### O que aconteceu em Tatooine?

**Tatooine –** O setor Arkanis está um verdadeiro caos, com múltiplas fontes reportando o assassinato de Jabba, o Hutt, em Tatooine.

Ainda não sabemos o que pensar. Alguns juram que Jabba morreu na explosão de sua barca de passeio, com os culpados identificados por diversas fontes como a Aliança, o Império, um sindicato rival do crime, escravos rebeldes e até o povo nativo do planeta, o "Povo da Areia".

Outras fontes não se preocupam tanto com a sobrevivência de Jabba. Elas nos garantiram que as operações dele não foram afetadas e que a porção interna à Orla do Corredor Corelliano não sofrerá distúrbios no contrabando.

Em quem acreditar? A verdade emergirá, mas não procure o Conselho Hutt em busca de respostas. Continuaremos fornecendo atualizações em tempo real de nossos contatos em campo, então fique conosco para ficar informado.

DURANTE QUASE UM ANO TODO, OS RIVAIS DE JABBA ENTRE OS CORSÁRIOS DA CHAVE VERMELHA FORAM CONSTANTEMENTE CULPADOS PELA MORTE DELE. – EMATT

DOC #75113Ø3-ALL

PARA: CMD. MOTHMA

DE: ALTE. ACKBAR

ASS.: COMPOSIÇÃO E FORÇA DA FROTA

DOCUMENTO OFICIAL

Estou reunindo elementos cruciais da frota em preparação para nosso encontro acima de Sullust. Para o ataque contra Endor, estaremos muito mais armados do que estivemos em Scarif. Pelo visto, planejamento e preparação têm seu valor!

CONTINUA

## ESQUADRÕES DE ESPAÇONAVES

### CRUZADOR ESTELAR MC80

FABRICANTE: Estaleiros Mon Calamari
COMPRIMENTO: 1.200 metros
ARMAMENTO: Canhões de turbolaser, canhões de íons, projetores de raio trator, tubos de mísseis; até dez esquadrões de caças estelares
TRIPULAÇÃO: Acima de 5.000
FUNÇÃO: Comando, transporte, nave-capitânia de confronto

NAVES CONFIRMADAS: *Lar Um*, *Nautiliano*, *Liberdade* *Amalthea* (reparo de hiperpropulsores pendente
NAVES POSSÍVEIS: *Restauração*, *Passo Livre*

As naves mais pesadas da A
ainda não deviam estar em servi
Em questão de um ano, começa
entrar em
–Hol

### FRAGATA CLASSE PELTA

FABRICANTE: Estaleiros de Propulsores de Kuat
COMPRIMENTO: 282 metros
ARMAMENTO: Turbolasers, canhões de laser de defesa
TRIPULAÇÃO: 900
FUNÇÃO: Comunicação, atendimento médico, combate contra caças estelares, artilharia de apoio

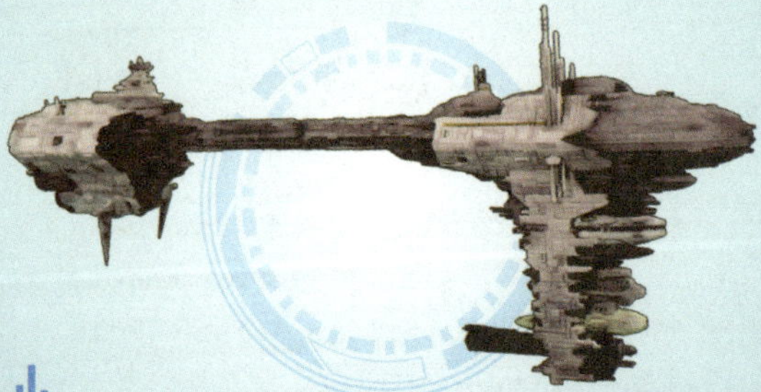

### FRAGATA DE ESCOLTA NEBULON-B EF76

FABRICANTE: Estaleiros de Propulsores de Kuat
COMPRIMENTO: 300 metros
ARMAMENTO: Turbolasers, canhões de laser, projetores de raio trator, lançadores de torpedo (variáveis)
TRIPULAÇÃO: 850
FUNÇÃO: Transporte, combate contra caças estelares, atendimento médico, bombardeio

COMBATE CONTRA CAÇAS ESTELARES? TÁ BRINCANDO! ESSAS COISAS ESTÃO UMAS DUAS GERAÇÕES DISTANTES DAS NOVIDADES, MAS É COMUM VER UMA DESSAS PORTANDO UMA DÚZIA DE CANHÕES DE LASER, UMA DÚZIA DE TURBOLASERS E UMA DÚZIA DE LANÇADORES DE MÍSSEIS. NÃO, OBRIGADO.
–POE

**CORVETA CR90**

FABRICANTE: Corporação de Engenharia Corelliana
COMPRIMENTO: 150 metros
ARMAMENTO: Canhões de turbolaser, torres duplas de turbolaser
TRIPULAÇÃO: 165
FUNÇÃO: Ataque rápido

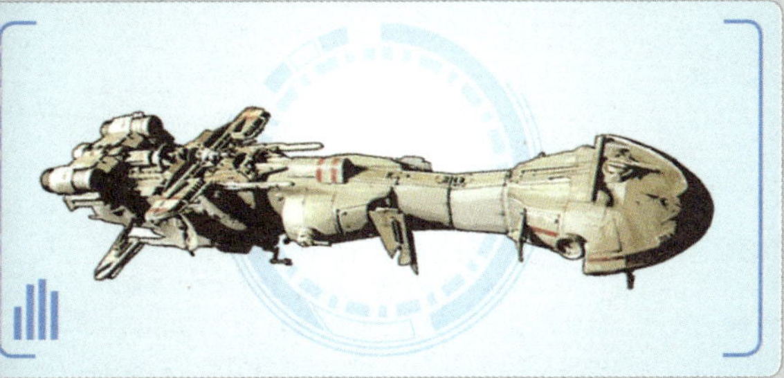

**AERONAVE DE COMBATE CLASSE BRAHA'TOK**

FABRICANTE: Conglomerado Aeronáutico Dorneano Braha'ket
COMPRIMENTO: 90 metros
ARMAMENTO: Canhões de turbolaser duplos, lançadores de mísseis de concussão
TRIPULAÇÃO: 75
FUNÇÃO: Ataque rápido, bombardeio

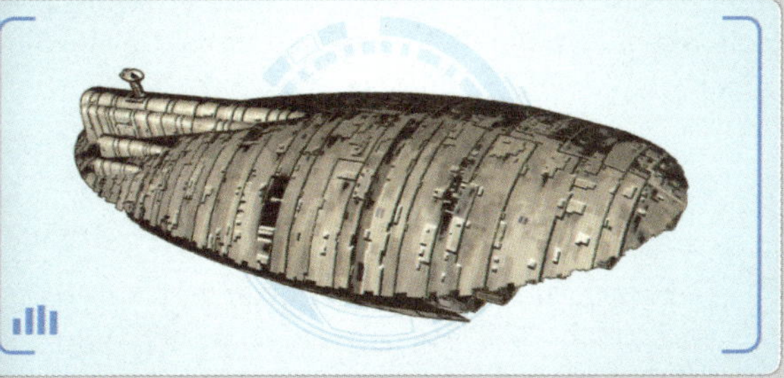

**TRANSPORTADORA MÉDIA GR-75**

FABRICANTE: Estaleiros Gallofree
COMPRIMENTO: 90 metros
ARMAMENTO: Torres gêmeas de canhão de laser
TRIPULAÇÃO: 6
FUNÇÃO: Reabastecimento, comunicação, resgate, artilharia de apoio

## ESQUADRÕES DE CAÇAS ESTELARES

**A-WINGS:** Tela de Caças Estelares; Linha de Ataque DS
**B-WINGS:** Contra bombardeiros-capitânios
**X-WINGS:** Tela de Caças Estelares; Linha de Ataque DS
**Y-WINGS:** Contra bombardeiros-capitânios

NOTA: Todos os esquadrões de especialidade única serão empregados. Outros esquadrões serão mistos, para nos prepararmos melhor para um campo de batalha incerto.

NÃO SOU MUITO FÃ DE ESQUADRÕES MISTOS, MAS NÃO ESTOU AQUI PARA FICAR CRITICANDO O ALMIRANTE.
-POE

Não mesmo, tenente.
Almirante Ackbar

**ADENDO: ACKBAR PARA MON MOTHMA**

Comandante, uma novidade: talvez tenhamos mais naves à nossa disposição, supondo que as alegações de nossos mais novos recrutas tenham algo de concreto.

# CIDADE DAS NUVENS

**PARA:**
**Almirante Ackbar**
**Aliança pela Restauração da República**
***Lar Um*, Frota da Aliança**

Almirante,
Vejo que está pensando em cada detalhe na formação de sua armada, antes da grande batalha. Se me permite, tenho alguns pontos de vista que podem ajudar.

Recentemente, passei para o cargo de administrador de uma grande mina de tibana. Minhas funções lá — bem como empregos que tive numa empresa menos qualificada — me permitiram fazer amizades pouco convencionais em lugares interessantes.

Tudo o que peço é que dê uma olhada. Se a Aliança tiver interesse, posso apresentá-los.

## Aeronave de combate X4

**FABRICANTE:** Corporação Incom
**ARMAMENTO:** Canhões de laser, torres de canhões de laser leve
**Nota:** Estes são os protótipos operacionais da linha X4. Estão fazendo patrulha de uma Guilda de Mineração perto de Kessel. Têm umas manchas de carvão no exterior, mas continuam em boa forma.

As aeronaves de combate Corellianas estavam lá em Endor. Os X4 Kesselianos também. Nem foi preciso tanto esforço. Várias pessoas queriam ferir o Império.
— Leia

## Aeronave de combate Corelliana (Fragata DP20)

**FABRICANTE:** Corporação de Engenharia Corelliana
**ARMAMENTO:** Canhões duplos de turbolaser, canhões quádruplos de laser, lançadores de mísseis de impacto
**Nota:** São pequenos, rápidos e atiram pra valer. Um grupo de exilados de Alderaan tem quatro dessas naves. Sei onde encontrá-los.

## Cargueiros de reposição YT

**FABRICANTE:** Corporação de Engenharia Corelliana
**ARMAMENTO:** Variável
**Nota:** Sei que a tripulação de *Lar Um* aprecia a *Millenium Falcon* porque tive o prazer de dar um voo de boas-vindas para mais de um aluno talentoso. O convite está feito, almirante.

Deixe-me ser claro: nenhum cargueiro superará a *Falcon*. Mas você ficaria surpreso com quão bem alguns deles se saem em combate. Tudo o que imaginar entre o YT-450 e o YT-2400 pode ser obtido por um preço, tripulação inclusa. E a lista de configurações de armas é mais completa que a lista levada por um sommelier Brentaali.

Aguardo sua resposta.

*Lando Calrissian*

**Lando Calrissian**

DOC #7566225-ALL

PARA: ALTE. ACKBAR

DE: CMD. MOTHMA

ASS.: ATAQUE AO REATOR DA ESTRELA DA MORTE: NECESSÁRIA RECOMENDAÇÃO DE CAÇA ESTELAR

DOCUMENTO OFICIAL

Almirante, você viu a análise do general Madine. Ele acredita que pode destruir a Estrela da Morte com torpedos de prótons lançados a curta distância.

Nosso sucesso dependerá de nossos caças estelares. Quem você considera para liderar esse ataque? Será que Luke aceitará o papel no Comando dos Caças Estelares?

### ACKBAR PARA MON MOTHMA

Tenho outra recomendação, mais inesperada. Embora minha experiência com o humano seja limitada, ele me deixou impressionado em muito pouco tempo. A aprovação do alferes Deltura e de Nien Nunb (nosso contato Sullustano) puseram fim a quaisquer dúvidas que restavam.

**HENDRI UNDERHOLT**

Foi uma experiência daquelas. É cada situação em que me coloca, comandante . . .

**MON MOTHMA**

Você conseguiu definir um compromisso com Calrissian?

**HENDRI UNDERHOLT**

Sim, consegui. Ackbar tentou apelar para a honra, mas como não funcionou, ele foi logo falar de dinheiro. Lando é um pouco mais complicado; francamente, acho que ficou um pouco ofendido.

**MON MOTHMA**

Obrigada por dar um jeito nas coisas. Então temos nosso Líder Dourado?

**HENDRI UNDERHOLT**

Para a Batalha de Endor, sim, mas vejo mais do que isso. Lando seria um diplomata inexorável e um agente importantíssimo para a nossa causa. O problema é que ele fica facilmente entendiado.

Acho uma pena o general Calrissian não ter permanecido conosco. Almirante Ackbar

Mesmo nesse cargo, o salário não se compara ao do setor privado. -Statura

DOC #7866312-ALL

**PARA: MON MOTHMA**

**DE: GEN. DRAVEN, INTELIGÊNCIA DA ALIANÇA**

**ASS.: INCERTEZA NA VERIFICAÇÃO DE DADOS**

**DOCUMENTO OFICIAL**

Comandante, vale a pena dar uma olhada nisto, mesmo você já tendo visto esse debate antes.

Apesar do que vir nessa transcrição, a recomendação da Inteligência permanece a mesma. Endor está confirmada.

TRECHO DA ATA DA SALA DE REUNIÕES:
*LAR UM*, INTELIGÊNCIA DA ALIANÇA

ANALISTA SÊNIOR AISHA FREITAS: Sim, é apenas um pressentimento, mas minha intuição deriva da implausibilidade dos dados. Uma Estrela da Morte surpreendentemente vulnerável e o imperador Palpatine em visita, tudo ocorrendo numa janela que dá à Aliança tempo para planejar um ataque em larga escala?

CEL. HAXAN DELTO: Sim, e daí?

DOCUMENTO OFICIAL

FREITAS: Acho que é uma armadilha.

DELTO: Eu participei de uma conversa similar, anos atrás, durante os preparativos para a Batalha de Yavin. Eu era a favor do ataque. Ou era contra?

FREITAS: Sim, eu conheço o contra-argumento. Objeções ontológicas não deveriam ser lançadas a esmo para dispensar preocupações legítimas. E se estivermos errados? Poderia ser um desastre para a Aliança.

DELTO: Pensando no caso de Yavin – se tivéssemos hesitado naquele momento, teríamos desperdiçado o maior golpe de Inteligência de toda uma geração.

FREITAS: Sei que não tenho patente para que minha opinião seja considerada pela alta cúpula.

DELTO: Ora, mas não é isso que eu quero que você . . .

FREITAS: Você tem que falar com eles. Não importa se não concorda comigo. Não estou aqui para vencer discussões. Apenas fale com eles.

*Não me lembro de ter visto esse relatório. Não acho que teria feito diferença. Somente uma crise das grandes teria desacelerado o andamento dos nossos preparativos.*

*— Leia*

CONTINUA

DOC #7866312-ALL

DELTO/CRACKEN PROG42087

**DOCUMENTO CONFIDENCIAL — NÍVEL DE ACESSO:**

**RI 040-X08**

**ESCUDO DE ENERGIA? ESTAMOS PLANEJANDO ISSO?**

**PARA: GEN. CRACKEN**

**DE: CEL. DELTO**

Sinceramente, alguém acha que o Império deixará o prêmio totalmente exposto?

Dê mais uma olhada nos dados dos Bothanos. Agora veja o setor de dados NI-56-NA-357-AC. É um escudo de energia. Como o de Scarif, mas projetado da lua florestal de Endor. Fonte de energia remota, assim como o sistema de projeção, e envolve a esfera de construção por completo.

Não conseguiremos passar com os caças estelares. Nossa única opção é desligar o escudo de energia na fonte.

FIM DO DOCUMENTO

MADINE/MOTHMA PROG42133

**DOCUMENTO CONFIDENCIAL — NÍVEL DE ACESSO:**

**RI 044-X08**

**EQUIPE DE ATAQUE: LUA FLORESTAL DE ENDOR**

**PARA: CMD. MOTHMA**

**DE: GEN. MADINE**

Lidar com o escudo, no entanto, é uma tarefa quase impossível. Interrompendo o projetor ou destruindo-o por completo, daremos tempo a nossos caças estelares para penetrar o núcleo interno da Estrela da Morte e detonar seu reator.

Destruir o projetor do escudo é uma missão típica de ataque de solo para as Forças Especiais. Recomendo membros seletos dos Patrulheiros e da 32ª Unidade de Comando.

- Maj. Bren Derlin
- Ten. Caluan Ematt
- Sgt. Judder Page
- Sgt. Kes Dameron
- Cb. Tuck Tyrell
- Cb. Frorral

EI! ESSE É O MEU PA
E MINHA MÃE DEVIA
ESTAR PREPARANDO
SEU X-WING MAIS O
MENOS NESSA ÉPOCA
-POE

CONTINUA

ACHEI MESMO QUE EU FOSSE SER MENCIONADO. DERLIN E PAGE LIDARAM COM BOA PARTE DA MISSÃO, E FRORRAL NÃO CHEGOU A ENTRAR PARA O ESQUADRÃO, NO FIM DAS CONTAS. TEVE PROBLEMA NA PELUGEM, SEGUNDO ELA.

- EMATT

Temos uma transportadora imperial classe-*Lambda* à nossa disposição, capturada por Leia Organa durante a Operação Lua Amarela. Os códigos de liberação da transportadora devem nos conceder passagem livre pelo cordão orbital.

| ASS. | Tydirium |
|---|---|
| MODELO | T-4a classe *Lambda* |
| FABRICANTE | Sienar Systems, Cygnus Spaceworks |
| COMPRIMENTO | 20 metros |
| ARMAMENTO | Dois canhões duplos de laser (fuselagem), dois canhões duplos de raios (asas retráteis), canhão duplo de raios retrátil (popa) |

TERRÍVEL DE PILOTAR. PIOR AINDA É PILOTAR ALGO CONTRA ELE. ESSE CANHÃO DA POPA BOTA FOGO NA SUA FUSELAGEM NUM PISCAR DE OLHOS.
-POE

FIM DO DOCUMENTO

## MADINE PARA MON MOTHMA

Torçamos para que todos os comandos alistados na equipe de ataque de Endor sejam especialistas em reconhecimento de áreas inóspitas. Seertay fez um livro sobre isso, literalmente. Ela era mesmo a alma dos Desbravadores. Nós a perdemos durante a Operação Cobalto.

## TÁTICAS DE COMBATE:

# FLORESTAS

### FORÇAS ESPECIAIS DA ALIANÇA

Por coronel Anna Seertay, Desbravadores da Aliança

Ecossistemas florestais são comuns por todo o espaço estabelecido. Podem ser identificados por densa vegetação, muitas chuvas e climas tropicais. Ambientes de floresta prosperam em temperaturas mais baixas, mas são governados pelos mesmos princípios de combate.

**Saiba aonde está indo.**
Esse é o princípio vital na base das operações em florestas. O inimigo não poderá encontrá-lo facilmente sob as copas das árvores, mas, em contrapartida, você terá desvantagens:

1. **INTERFERÊNCIA DE SENSORES**

> MEMORIZEI BOA PARTE DISTO, E CONTINUA SENDO SEGUIDO PELOS NOVOS RECRUTAS. OS MANUAIS DE SEERTAY FORAM ATUALIZADOS AO LONGO DOS ANOS, MAS BOA PARTE DAS INFORMAÇÕES NÃO MUDOU.
> - EMATT

2. **MAIOR PROBABILIDADE DE ARMADILHAS OU EMBOSCADAS**

3. **NINHOS DE VIDA SELVAGEM DESCONHECIDA**

4. **FOLHAGEM QUE OBSCURECE O CÉU, REDUZINDO A ILUMINAÇÃO E IMPEDINDO A NAVEGAÇÃO PELAS ESTRELAS**

5. **CHUVAS SÚBITAS QUE PODEM APAGAR MARCADORES NO TERRENO**

Há muito pouco a fazer com relação a esses problemas uma vez que você já pousou, então coloque tudo a seu favor desde o começo. Sempre:

- Obtenha mapas atuais, principalmente de reconhecimento aéreo ou orbital
- Carregue vários marcadores de terreno
- Conte com árvores e morros como elementos para fácil navegação visual
- Evite estradas, trilhas e cursos de rios, devido à maior probabilidade de vigilância
- Identifique clareiras naturais que possam ser usadas para transmissão de mensagens ou entregas de reabastecimento

**Chegue lá inteiro.**

Quando viajar, assuma formação de três colunas com equipes de segurança na ponta e na retaguarda. Sob ameaça, os flancos podem facilmente expandir e assumir formação de perímetro completo (fig. A).

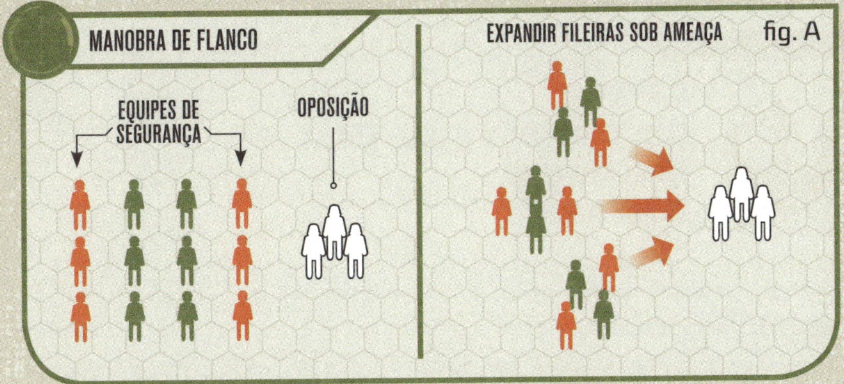

fig. A

Engenheiros de combate e armas especiais, como lança-chamas, devem ficar protegidos no centro da formação (fig. B). Convoque-os quando tiver que lidar com fortificações inimigas.

fig. B

MOTHMA/REGISTRO DIÁRIO

A OPERAÇÃO LUA AMARELA FOI APENAS O COMEÇO. PRECISAMOS ENCENAR MAIS DISTRAÇÕES PARA MANTER O IMPÉRIO IGNORANTE. ISSO IMPLICA CONTINUAR ESSE TEATRO ABSURDO, E ENVIAR SOLDADOS PARA MORRER POR OBJETIVOS QUE MUITO PROVAVELMENTE PROVARÃO NÃO FAZER SENTIDO.

É PRECISO QUE SEJA ASSIM. SE RELAXARMOS AGORA, NOSSOS PREPARATIVOS PARA ENDOR CHAMARÃO ATENÇÃO COMO UM FAROL ACESO.

PESSOAS CONTINUARÃO A MORRER SOB MINHAS ORDENS. POSSO APENAS TORCER PARA QUE CONSIGAMOS HONRÁ-LAS.

*Lutar para pôr FIM à luta, não prolongá-la. Às vezes, parece brutal, mas permite que você possa conviver com os resultados. —Leia*

**DOCUMENTO CONFIDENCIAL — NÍVEL DE ACESSO:**

CRACKEN/MOTHMA PROG42009

**RI 124-C18**

**CAMPANHA DE DISTRAÇÃO: SUA FUNÇÃO**

**PARA: CMD. MOTHMA**

**DE: GEN. CRACKEN**

Nossos preparativos para o ataque em Endor serão notados. Não há como evitar. Nosso contraponto será fazer movimentos igualmente intrigantes em outros locais, deixando o Império confuso quanto ao que focar em seguida.

Neste momento, a melhor jogada que podemos fazer é atraí-los com a possibilidade de sua prisão.

Faremos isso criando um rastro de dados delineando sua visita iminente a um mundo simpatizante da Aliança em algum lugar bem distante de Endor, sem jurisdições sobrepostas nem hierarquias. Um cronograma falso de chegada fortalecerá a atração para uma possível intercepção e captura.

Você não realizará, de fato, a jornada, e sua segurança não será colocada em risco. Só faremos o bastante para que o Império persiga dados que não existem.

### MON MOTHMA PARA GENERAL CRACKEN

Você está tentando me proteger, e eu agradeço. No entanto, essa encenação não enganará os agentes imperiais que ficam de olho nas chegadas nos espaçoportos. Precisamos de gente no chão para ajudar a vender a ilusão.

Farei a jornada, junto com guarda-costas e escolta que costumam acompanhar um chefe de Estado em visita.

### GENERAL CRACKEN PARA MON MOTHMA

Prefiro que não faça isso. Mas você tem razão: uma equipe movendo-se de porto a porto deverá manter os rastreadores ocupados. Dê-me um pouco de tempo para formular um plano. Entrarei em contato muito em breve com uma recomendação.

DOCUMENTO CONFIDENCIAL — NÍVEL DE ACESSO:

CRACKEN/MOTHMA PROG42215

**RI 098-D03**

**DISTRAÇÃO PARA ENDOR: DURKTEEL**

**PARA: CMD. MOTHMA**

**DE: GEN. CRACKEN**

A Inteligência está recomendando Durkteel para a sua missão. A posição do planeta ao norte da Orla Média é a mais distante de Endor que podemos alcançar, e, sob o olhar dos analistas imperiais, é provável que visitemos Durkteel no intuito de reaver postos perdidos.

**PONTOS DE APOIO:**

- A Aliança abandonou Durkteel durante a retirada da Orla Média. A evacuação atabalhoada que fizemos do complexo de Tak-Beam permite a interpretação de que talvez tenhamos deixado dados valiosos para trás.

CONTINUA

- O Império foi negligente em não reocupar Durkteel. O planeta, no momento, não tem guarnição nem sentinelas orbitais.
- A posição de Durkteel, perto de grandes hiper-rotas, e a lealdade de seu povo nativo, os Saurinos, fornecem mais justificativas para o local sediar um encontro de alta cúpula.

**MAPA DA GALÁXIA**

**NOTA:** Embora a missão em Durkteel seja um estratagema, podemos alcançar diversos resultados práticos desmantelando o supercomputador BRT de Tak-Beam. Esses incluem:

- Telemetria passiva de hipersaltos e reversões do nódulo Roche
- Avaliação da prontidão militar imperial na Rota Perlemiana
- Desvio de dados do algoritmo de senha da Aliança [52tempoR-22spatio]

CRACKEN/MOTHMA PROG42215

- Dossiês de agentes da resistência Saurinos ativos em Durkteel

Os rumores sobre a sua viagem serão vazados com antecedência. Queremos atrair a atenção do Império, mas sem provocar resposta imediata. Você permanecerá no sistema Durkteel por menos de 24 horas. Então, quando os investigadores imperiais resolverem tomar uma atitude, já estará voltando para a frota.

LEMBRO-ME VAGAMENTE DE DURKTEEL E DE TAK-BEAM. MAS ME LEMBRO MUITO BEM DOS RESULTADOS.
– EMATT

FIM DO DOCUMENTO

**HENDRI UNDERHOLT**

Hostis me contou as novidades. Você não vai mesmo pessoalmente a Durkteel, vai?

**MON MOTHMA**

O Império não pode concluir que Endor é nosso alvo. E a Inteligência já vazou a notícia da minha viagem.

**HENDRI UNDERHOLT**

Não se arrisque. A recompensa por você está na casa dos milhões.

**MON MOTHMA**

Não sou necessária em Endor. Não sou militar, como Ackbar ou Madine, mas sou um alvo grande, e o Império acompanha os meus movimentos. É assim que posso ajudar.
É uma volta rápida, e terei Forças Especiais me protegendo o tempo todo.

**HENDRI UNDERHOLT**

Deixe que eu faça isso.

**MON MOTHMA**

Desculpe, mas... como você sugere fazer isso?

**HENDRI UNDERHOLT**

Sou sua assessora mais próxima. Eles sabem disso. Eu viajo com você, e eles sabem disso também. Se eu for para o território em questão acompanhada de um bando de soldados e guarda-costas — acha que eles não passariam com urgência essa informação para o diretor da Inteligência?

**MON MOTHMA**

É arriscado.

**HENDRI UNDERHOLT**

Não é um risco que os guarda-costas e os soldados já vão enfrentar? Deixe-me fazer isso.

## INFORREDE DO CYNABAR

*Sempre Aposte na Grande CYN*

### Os rebeldes estão de romance com a Orla Média mais uma vez?

Eles foram humilhados uma vez, mas será que podem virar o jogo agora? Após abandonar a Orla Média quando o Império os pressionou, reporta-se que a Aliança está de olho na região de novo.

Segundo fontes, um líder de alto escalão da Aliança está a caminho da Rota Perlemiana. Planetas como Trasse, Durkteel, Jeyell e Ord Tiddell destacam-se como possíveis locais para uma reunião rebelde ou para o estabelecimento de um novo quartel-general planetário.

Leitores da Orla Média, queremos ouvir vocês. O que está acontecendo por aí? A Aliança está planejando outra guerra em solo? E, se estão contratando mercenários, quanto estão pagando?

DOC #8144260-ALL

**PARA: HENDRI UNDERHOLT**
**DE: MON MOTHMA**
**ASS.: PREPARATIVOS FINAIS**

DOCUMENTO OFICIAL

Hendri, anexo está o esboço do discurso que planejo fazer aos nossos agentes no dia do ataque. Por favor, guarde junto dos outros documentos no arquivo. Imagino que terá importância histórica, mas tal destino só será finalmente determinado pelas atitudes de outros.

Reparei que sua partida para Durkteel está marcada para as 06h00. Embora sua missão seja arriscada, fico feliz de saber que estará bem longe do olho do furacão.

Gostaria de inspirá-la nesse momento, mas só consigo pensar nas eventualidades. O desligamento temporário das comunicações implica que nos falaremos somente quando seu esquadrão for chamado de volta. Gostaria de dizer que me sinto honrada pelos sacrifícios que você fez pela Aliança e que muito me orgulho da líder que você se tornou. Obrigada pela sua amizade.

Volte logo. Perdendo ou ganhando, temos muito trabalho a fazer.

# Amigos guerreiros da Aliança

Hoje, vocês tomarão a atitude mais importante contra o Império desde a Batalha de Yavin. Em Yavin, lutamos sob enorme pressão e, no entanto, triunfamos, mesmo com chances ínfimas.

Hoje, somos nós que temos o controle. Hoje, somos nós que levaremos a luta para o inimigo. Hoje, será o Império quem sentirá o choque da surpresa. Nossa vitória será uma conquista suada, mas ela *deve* ser alcançada.

Conseguimos muita coisa desde que nossas unidades de combate se reuniram sob a bandeira da Aliança Rebelde. Passando por momentos difíceis e outros mais amenos, nossa determinação jamais hesitou. Temos grande força de vontade, e queremos dar mais um passo à frente. Não tivemos escolha senão entrar em guerra com o Império, mas é nosso dever moral conduzi-la para um final, de uma vez por todas.

Hoje, estamos prontos para lutar por liberdade.
Hoje, estamos perante nosso maior triunfo.

Sem vitória não haverá amanhã, mas hoje a vitória será nossa. Boa sorte, e que a Força esteja com vocês.

Design: Sam Dawson
Editorial: Delia Greve
Produção: Tom Miller

Tradução: Caio Pereira
Editoração e adaptação: Renata Vidal

Autor: Daniel Wallace

Ilustrações por: Aaron Riley: Páginas 2-3, 48-49, 96-97, 140-141; Adrián Rodriguez: Páginas 16, 46, 76, 113; Chris Reiff: Página 127; Chris Trevas: Páginas 42, 56, 74; Diogo Costa: Páginas 23, 63, 72, 75, 80-81, 108, 126, 130; Giorgio Baroni: Páginas 9, 10, 11, 35, 43, 67, 68, 110, 114; Isaac Hannaford: Páginas 7, 15; Joe Corroney: Páginas 25, 51, 52, 59, 105, 160, 161; Maciej Rebisz: Páginas 33, 162, 163; Randall Mackey: Páginas 20, 21, 24, 27, 28, 29, 31

Texto revisado segundo o novo Acordo Ortográfico da Língua Portuguesa

Impresso na China

CIP-BRASIL. CATALOGAÇÃO NA PUBLICAÇÃO
SINDICATO NACIONAL DOS EDITORES DE LIVROS, RJ

W179a

Wallace, Daniel, 1959-
O arquivo rebelde: inteligência reunida da aliança / Daniel Wallace; tradução de Caio Pereira. — 1ª ed. — Rio de Janeiro: Bertrand Brasil, 2018.
176 p. : il.

Tradução de: The rebel files: collected intelligence of the alliance
ISBN 978-85-286-2297-3

1. Ficção americana. I. Pereira, Caio. II. Título.
17-46709

CDD: 813
CDU: 821.111(73)-3

Todos os direitos reservados pela:
EDITORA BERTRAND BRASIL LTDA.
Rua Argentina, 171 — 2º andar — São Cristóvão
20921-380 — Rio de Janeiro — RJ
Tel.: (0xx21) 2585-2000 — Fax: (0xx21) 2585-2084



Atendimento e venda direta ao leitor:
mdireto@record.com.br ou (0xx21) 2585-2002